# Connexions dangereuses

SARAH K.

# Connexions dangereuses

Flammarion [TRIBAL]

87, quai Panhard et Levassor – 75647 Paris cedex 13
ISBN : 978-2-0812-4758-1

## MAIL N° 1

Virginie à Bastien

C'est la douleur qui m'a réveillée. Un point dans le bas-ventre, sourd, diffus tout d'abord... mais qui ne ferait qu'augmenter. Comme si quelqu'un s'était amusé à introduire l'extrémité d'une sonde dans mon ventre et s'évertuait à lui frayer un chemin jusqu'à mes reins. Pas franchement agréable.

J'ai ouvert les yeux sur mon radio-réveil : 00 h 18, disaient les chiffres. Rouges, les chiffres dans le noir.

Rouge sang. Décidément !

Fini, le sommeil : j'ai mes règles.

Il faut toujours qu'elles débarquent en pleine nuit ! Ou bien au beau milieu du cours de gym, ou encore à la piscine. Dire que j'étais si fière la première fois ! À quoi ça sert finalement, les règles ? À vérifier qu'on n'est pas enceinte, non ? Mais quand on n'a pas besoin de vérifier, quand on est sûre et certaine de n'avoir couché avec personne – sauf en rêve, avec un fantôme – quelle utilité ?

Ça va mieux. J'ai avalé un cachet, mis ce qu'il fallait – dans le noir, j'ai failli me tromper et prendre la couche de mon petit frère ! – et me voilà assise devant mon ordinateur. J'aime bien la lumière un peu bleutée du petit écran dans la pénombre de la chambre. J'aime bien entendre le ronronnement de la bécane. Quand le silence est total, ce qui est le cas en ce moment, c'est quasiment le bruit d'un petit moteur.

Je suis bonne pour aller demain au collège avec des valises sous les yeux. Tout l'attirail cosmétique de ma mère ne suffira pas à les camoufler, je le sais d'avance. Tant pis. Après tout, il paraît que les cernes, ça donne du charme. Un vague côté femme fatale. Opinion de mec. Moi je trouve que ça fait plutôt épagneul breton abandonné sur l'autoroute au mois d'août.

C'est pas seulement à cause de mes règles que je me suis réveillée en pleine nuit.

J'ai eu une idée.

Juste avant de me lever, j'avais les yeux rivés sur le mobile accroché au plafond de ma chambre. Il se balance là, tout doucement, au-dessus de ma tête, depuis des années. Je l'ai eu à l'âge de deux ans, je crois. Trois Babar sont assis dans des avions miniatures jaunes, bleus et rouges qui tournent au moindre souffle d'air en émettant quelques notes de *Au clair de la lune*. Il est complètement débile et jure avec le reste du décor, mais je ne me décide pas à le décrocher. J'ai l'impression que si je m'en sépare, il va m'arriver une catastrophe. Superstition. Il n'empêche que quand je commence à le regarder, ça peut durer des heures et mes pensées défilent, défilent, sans que j'arrive à y faire le tri.

Ainsi, la nuit, dans le noir, la danse des Babar donne à peu près ceci : *le Babar rouge se met à bouger : j'ai envie d'un mille-feuilles avec plein de crème – mais j'en ai déjà avalé un hier je vais encore grossir. Babar bleu : demain y a gym c'est la plaie – faut que je m'achète un nouveau jean mais y en a pas à moins de soixante euros et j'ai déjà plus un rond ce mois-ci. Babar jaune : j'ai encore bouffé de la télé hier soir ça m'abrutit mais je peux pas m'en empêcher – j'aimerais bien arriver un jour à faire l'amour.*

Mais, au fait, tu le connais, ce mobile. Tu t'en souviens, Bastien ? Tu te souviens de ce samedi soir de juillet ?

Il faisait si chaud. Une chaleur agressive, brutale, que personne n'attendait plus après la pluie battante qui persistait depuis le début de l'été. J'avais éteint toutes les lumières dans la pièce pour essayer de rafraîchir l'atmosphère. On ruisselait de sueur. Ton tee-shirt était trempé. Idem pour le mien. Tu l'as viré sans crier gare et j'ai fait la même chose. On est restés à se regarder dans l'obscurité qui tombait. Sans parler. Parce qu'il faisait trop chaud. Parce qu'on avait peur de suer davantage. Et aussi parce que les mots ne sortaient plus. Puis tu m'as demandé si tu pouvais prendre une douche. J'ai dit « O.K. » d'un ton négligent. J'ai fait semblant de ne pas être gênée quand tu t'es dirigé vers la salle de bains.

Je suis restée un long moment assise sur le lit, immobile, passant mes doigts entre mes seins pour essuyer les gouttelettes de transpiration, petites perles d'eau qui dégoulinaient sur ma peau, comme sur les fenêtres en hiver, sous l'effet de la condensation, quand il fait froid dehors et chaud dedans. Ma sueur devenait peu à peu glacée. Mes seins étaient durs jusqu'à me faire mal, mon ventre contracté, ma peau se hérissait, j'avais la chair de poule. J'ai pris ton tee-shirt et j'y ai enfoui mon visage. Il était imprégné de ton odeur : transpiration, plus un soupçon d'*Eau sauvage*. Je l'ai passé sur ma figure, sur mes lèvres, mon cou, ça m'a fait l'effet d'un courant d'air, d'une brise fraîche qui faisait incursion dans la fournaise ambiante. Je l'ai ensuite laissé glisser entre mes cuisses, que j'ai serrées très fort.

Après, je me suis levée et je t'ai rejoint dans la salle de bains. Par terre, y avait ton jean, ton slip – un Dim, uni, gris avec une bande blanche en haut, comme ceux des mannequins dans les pubs. Sans réfléchir, j'ai ouvert la cabine de douche et je me suis plantée à côté de toi sous le jet d'eau froide.

J'avais rien prévu de tout ça. Je ne savais même pas à quelle heure mes parents allaient rentrer. Ils pouvaient débarquer d'une minute à l'autre et nous surprendre. Enlacés sous la flotte. Tes mains sur mes reins, les miennes autour de ton cou. Nos ventres collés l'un à l'autre, tellement fort que je ne sais même pas si l'eau arrivait à trouver un interstice pour se faufiler. Je me fichais pas mal du danger. J'étais soudain comme somnambule. Mes gestes m'étaient dictés par quelqu'un d'autre. Je n'étais plus tout à fait moi. Moi, j'aurais été incapable de laisser mes mains glisser le long de ton dos. Incapable d'approcher mes lèvres des tiennes.

Moi, je n'aurais jamais pu avoir une boule de feu à la place du ventre...

De la salle de bains, on est retournés à la chambre. Au lit. Sous le mobile Babar.

Et Babar m'a bloquée. Paralysée. Rendue gourde à souhait... Tu as enfilé ton slip Dim, ton jean, et tu es parti. Dans la chambre, y avait plus que ton tee-shirt, par terre. Et le parfum d'*Eau sauvage* dans l'air.

Mais qu'est-ce qui me prend ? Pourquoi est-ce que je remue les vieux souvenirs ? Ce n'est pas du tout ce que j'avais l'intention de t'écrire ! La faute à l'écran. Quand je pianote sur mon clavier, je me laisse bercer par la musique des touches et je me prends pour un écrivain. Je divague...

Enfin bref, je te disais donc : j'ai eu une idée. Une espèce de flash qui a soudain éclairé mon esprit.

Deux jours que la rentrée a eu lieu. Deux jours seulement. Et qui répond présent à l'appel ? L'ENNUI.

Bon Dieu, c'est pas possible de s'emmerder autant !!!!

On prend les mêmes et on recommence, comme dans les jeux vidéo : *Same players, shoot again* !... Les ex-élèves de la quatrième Voltaire portent désormais l'étiquette « troisième Rimbaud », mais ils ont tous les mêmes gueules – des tronches à l'envers ! – ils trimballent tous leurs sacs à dos dans les couloirs du collège, et ces foutus sacs à dos sont remplis des mêmes tics, des mêmes vannes débiles, des mêmes rivalités... La classe – à un ou deux changements près – est exactement la réplique de celle de l'année dernière. Tu vois, quand j'en ai franchi le seuil, le 5 au matin, j'ai fermé les yeux pendant un quart de seconde, en priant très fort pour découvrir quelque chose de nouveau dans cette satanée salle. Mais mon vœu n'a pas été exaucé. J'ai retrouvé la classe telle qu'elle était le 29 juin. On aurait dit que chacun avait regagné sa petite case, comme si on n'était rien d'autre que des pions sur un échiquier. Au fond de la salle, y avait bien les pions noirs : les Beurs et les Blacks, par ordre de pigmentation décroissante. En face : les pions blancs (si on fait abstraction du bronzage qui va s'estomper au fil des jours.) Vers l'avant de la salle, la brochette des nanas, et enfin au premier rang : personne. De rage, je m'y suis collée, au premier rang ! Histoire de rompre les habitudes.

J'en ai déjà ras le bol !

Je m'emmerde, Bastien ! Je m'emmerde tellement que ça me fait peur ! J'ai une espèce de nœud au creux de l'estomac, une boule qui remonte et me donne régulièrement envie de vomir. J'ai tout essayé : j'ai dévalisé l'armoire à pharmacie et avalé plein de médicaments pour les maux d'estomac, rien à faire, les aigreurs persistent, j'ai la tête à l'envers, le cœur dans la bouche.

J'ai l'impression qu'un siècle nous sépare du mois de juin. Oh ! je n'ai pas pour autant la nostalgie des vacances. Tu parles ! Mon père a eu la riche idée de nous offrir un mois d'août en club, au Maroc. Pendant tout le séjour, nous sommes restés enfermés dans un hôtel quatre étoiles où les tagines avaient un vague relent de la viande qu'on peut trouver au fast-food du coin. Nous avons eu droit aux soirées karaoké débiles orchestrées par des animateurs encore plus débiles – poitrails bronzés auréolés de chaînes en plaqué or, un vrai remède contre l'amour ! Ç'aurait pu être n'importe où ailleurs, en France, sur la côte d'Azur. Mes parents m'ont interdit la moindre virée à l'extérieur. Trop dangereux, soi-disant. Si bien que je n'ai pas pu voir un seul grain de sable en provenance du désert. J'ai simplement aperçu la misère dans les rues, juste à l'entrée du Club, derrière la porte, à quelques mètres, des gosses qui mendiaient parce qu'ils avaient faim et ça m'a révoltée.

Je te jure que j'ai envie de le décrocher mon brevet, puis le bachot ! Ensuite, la fac de médecine. Et départ pour Médecins sans frontières. Si seulement tout ça pouvait passer en vitesse accélérée, comme quand on appuie sur la touche avance rapide d'une cassette vidéo...

Enfin bref, les vacances se sont résumées pour moi à jouer les grillades sur la plage. La seule chose qui me reste de ce foutu séjour, c'est un bronzage si marqué que je pourrais me trimballer à la piscine sans maillot, on ne verrait pas la différence : j'ai une barre blanche en haut, la même en bas.

Oh ! C'est vrai... Y a bien eu ce type, le moniteur de planche à voile. Il était pas mal. Vingt-cinq ans à peu près. Châtain, mince, un peu trop maigre à mon goût, mais du charme. Grands yeux bleus, teint clair. Tu sais, le genre d'homme qui même en vieillissant garde toujours une bouille de gosse ? Je ne suis pas du tout douée pour la planche à voile. Je me cassais régulièrement la figure et quand il me réceptionnait dans l'eau – décidément ! – il avait tendance à avoir les mains baladeuses. La première fois, pauvre cruche que je suis, j'ai cru qu'une méduse s'était glissée dans mon slip et j'ai hurlé. Et puis j'ai compris. J'ai laissé faire un moment et finalement, j'ai laissé tomber la planche à voile.

Bon, trêve de bavardage !

C'est la rentrée. Et la rentrée, c'est flippant. Alors j'ai décidé de faire la guerre au blues de la rentrée.

J'ai un PROJET !

Réponds-moi vite et je t'expliquerai tout ça plus en détails. Pour l'instant il est trop tard, ma vue se brouille, les lettres dansent sous mes yeux, l'écran sautille, clignote, je vois tout en double... Je me sens enfin chavirer dans le sommeil. J'adore cette sensation, c'est presque un évanouissement.

De quoi est-ce que je vais bien pouvoir rêver ? Dommage qu'on puisse pas sélectionner ses rêves sur ordinateur avant d'aller au lit. On clique sur le dossier de son choix et hop ! On s'offre une nuit d'amour...

Bises.

P.S. J'ai pas compris pourquoi le principal vous a collés, toi et Rachid, en troisième Verlaine ?

Si tu veux récupérer ton tee-shirt, ça va être difficile. Il est resté longtemps sous mon oreiller. Jusqu'au jour où mon petit frère s'en est accaparé. Il en a fait son doudou. Il le traîne partout, le mordille, le suçote, à tel point qu'il est plein de trous. Sans parler des taches de chocolat, de morve et autres – il est souvent malade en voiture.

## MAIL N° 2

Bastien à Virginie

S'est quoi, se cirque ? T'as plus de portable ? Tes parents n'ont pas voulu payé la note ? Chaque fois que je fais ton numéro, je tombe sur la messagerie d'une inconnu. Remarque, elle a une belle voie, je crois que je vais insisté jusqu'à ce que je lui parle... Quand j'appelle chez toi, ta mère me demande de pas quitter et deux minutes plus tard, elle revient me dire que tu es parti. Elle ment très mal, ta mère, entre parentèses.

Au self, tu m'évite. À croire que manger à côté de moi va te filer la gerbe. Dans la cour, t'es sans cesse entourée d'une foule de nanas qui pérorent comme des poules. Pas moyen de trouver un chemin jusqu'à toi.

Pourtant j'ai plein de choses à te dire, moi aussi ! Entre autres, que t'es encore plus belle qu'avant les vacance. Du moins d'après ce que j'ai pu apercevoir dans les couilloirs. Tes cheveux ont poussé. Ils ont aussi éclairsi au soleil. Très joli, les petits reflets rouquins. Les tagines marocains t'ont un peu arrondi les fesses et ça te va rudement bien. Le galbe est parfait. Surtout, ne va pas te mettre en tête de perdre ce petit kilo qui est allé se niché exactement au bon endroit, comme un couçin douillet. En parlant de tagines, c'est chez Rachid qu'il faut les manger, pas la peine de payer un billet d'avion et le tarif quatre étoiles, sa mère les fait comme une déesse.

J'ai aussi des tas de trucs à te raconter à propos de mes vacance. Une combine pas triste m'a conduit dans un camp de nudiste en Bretagne. Rassure-toi, y avait que des vieillards, ils avaient tous et toutes au moins quarente ans. Mais à part ça, c'était des gens bien, vraiment. Un peu bizarres, mais bien. Ils militent pour la paix dans le monde. Ils ont accueilli des Yougoslave au moment où ça bardait là-bas, certains d'entre eux comptent aller en Afganystan dans les prochins mois. Je trouve que s'est chouette. Ici, dans notre région, personne se bouge jamais.

Sur la plage, hommes et femmes se trimbalaient avec les bijoux de famille à l'air. Au début, j'étais pas vraiment à l'aise dans mes baskets. D'une, les femmes, elles étaient pas terrible-terrible à regarder : nichons mollassons tombant au ras de la ceinture et foufounes grisonnantes. De deux, rapport aux mecs, ça m'en a fichu un coup : les rides qu'on peut se choper à cet endroit-là, j'en avais pas idée, et ça rétrécit au fil du temps, c'est atroce ! Et puis, tu vois, nager tout nu, pas de problème, c'est plutôt agréable, mais courir ou jouer au basket avec la zigounette qui se balade à droite et à gauche, c'est finalement pas pratique du tout. Ça secoue trop. Quant aux coups de soleil, bonjour, c'est à mourir ! La seule chose positive, c'est le bronzage intégral, mais faut vraiment soufrir pour y arriver. Au début, j'ai essayé de prendre des photo, mais j'ai vite renonsé. Les photos de nus, c'est pas mon truc, j'ai préféré photographié la mer, la plage et les bateaux.

Bref, je te raconterai ça plus en détail. DE VIVE VOIE. OU AU BIGOPHONE. Ou bien alors, qu'est-ce que tu dirais d'avaler vendredi soir une pizza à la cafète de Casino ?

Je t'embrasse. Partout. Spécialement là où y a les marque de bronsage.

P. S. Quant tu sera docteur, tu me réserve ton premier rendez-vous, promis ? Je suis prêt à choper n'importe quelle maladie (sauf le sida) pour me faire ausculté par toi.

Bien-sûr que je me souviens du mobile Babar. Je ne le trouve pas débile du tout. Au contraire. Et je crois que Babar et moi, on pourrait maintenant s'entendre sans problème... C'est bien que t'aies reparlé de ce samedi soir. J'y pense souvent, tu sais... Moi aussi je me réveille la nuit. Au lieu de compter les moutons, je compte les poils que j'ai autour du zizi. Mais ça m'aide pas à me rendormir, au contraire. Alors, je revois la danse des Babar...

Pourquoi tu dis que t'as été gourde ? T'étais émue, ou bien t'étais pas encore prête, c'est pas du tout la même chose. Et finalement, je crois que j'étais dans le même état que toi. Hésitant, pas sûr de moi, j'avais les boules à zéro... En plus, j'avais pas de préservatifs sur moi, et comme je me doutais bien que t'en aurais pas non plus... Bref, on aurait cafouillé. J'ai préféré pas insister. J'ai préféré partir vite. Mais je demande qu'à essayer encore.

Seulement je vois mal comment on pourrait y arriver...

SI ON SE VOIT PAS !

Quant aux intentions de cette vieille peau de Bourdier, le principal, il nous a collés Rachid et moi en troisième Verlaine pour qu'on arrête de foutre la pagaille, ou bien parce qu'on a près de deux ans de retard et qu'il serait temps de bosser.

Remarque, moi je trouve que c'est un signe. Rimbaud et Verlaine, ils étaient amoureus, non ?

## MAIL N° 3

Virginie à Bastien

Que les choses soient bien claires :

1) Je n'ai effectivement plus de portable. Depuis que je l'ai laissé tomber dans les toilettes, je l'ai récuré à l'eau de Javel et il ne marche plus. Je ne l'ai pas fait réparer. Finalement, je ne m'en porte pas plus mal. Au contraire. Cette espèce de truc qu'on trimballe sur soi en permanence, ça tient à la fois du réveil, de la béquille et de la laisse. Ça sonne toujours au mauvais moment, on ne peut jamais parler librement, on est sans arrêt en train d'écouter sa messagerie, or, il n'y a jamais « the » message, celui qu'on attend, ça coûte cher et résultat des courses : la surveillance des parents est encore plus renforcée, ils peuvent te joindre vingt-quatre heures sur vingt-quatre, n'importe où, n'importe quand.

2) Si je t'évite au self ou dans les couloirs du collège, si je ne viens pas répondre au téléphone lorsque tu appelles chez moi, c'est que les murs ont des oreilles. Or, ce que j'ai à te dire est STRICTEMENT CONFIDENTIEL.

3) L'essentiel de mon « projet » repose sur une correspondance entre toi et moi. Je ne veux plus te parler. Je veux t'écrire. Et en retour, je

veux te lire. Le courriel, c'est super pratique pour garder le secret : dès qu'on a envoyé le message, on appuie sur la touche « effacer » et le tour est joué !

J'ai laissé mon journal intime en plan. Je le trouvais encore plus débile que le mobile Babar. À quoi ça sert de poser des questions auxquelles personne ne peut répondre, puisque personne ne les lit ? De noter ses états d'âme, ses peurs, ses envies, sur un cahier qu'on planque dans un tiroir fermé à double tour ? Ça revient à crier au secours au fond d'un puits en rase campagne. Si tu acceptes mon idée, tu seras en quelque sorte mon journal intime « in live » et vice-versa...

Seulement, j'y mets une condition incontournable : avant de m'envoyer tes mails, TU UTILISES TON CORRECTEUR D'ORTHOGRAPHE ! Dans le torchon que tu m'as envoyé, j'ai compté vingt-huit fautes, 28 ! ! ! ! Et encore, j'ai dû en laisser passer ! C'est dingue ! Le genre de truc qui me fiche en rogne ! La faute au camp de nudistes ? Le retour aux sources, pour toi, ça signifie le retour tout court ? Ça signifie rétrograder ? Retrouver les instincts primaires et ne plus savoir s'exprimer ? Ou bien alors, c'est encore l'influence de Rachid et de ses potes ? Quand tu t'adresses à moi, Bastien, s'il te plaît, tu fais un effort et tu descends de ton arbre.

Je n'ai aucune envie de correspondre avec un primate ! L'homo erectus, c'est révolu.

4) Pas de rendez-vous à la cafète de Casino. Tu parles d'un romantisme ! Avaler une pizza surgelée dans laquelle le pizzaiolo a fourré tous les restes de la semaine – et pire encore – au milieu de tous les beaufs qui viennent faire le plein des caddies pour la semaine, très peu pour moi ! Je ne pense pas que ce soit un bon plan pour me débloquer vis-à-vis de Babar.

Et puis les pizzas, ça fait grossir. Oui, je compte bien perdre le surplus de poids qui n'a pas échappé à ton regard expert – t'as pas les yeux dans la poche, toi ! – Je suis boudinée dans mon jean et ça me fiche mal à l'aise. J'ai horreur de sentir la couture rentrer dans la raie des fesses. Dès que je reste trop longtemps assise, pour me lever, je suis obligée de tortiller du cul.

Alors, mes conditions, tu les acceptes oui ou non ? Fais-le moi savoir vite !

P. S. Tu as arrêté de faire des fautes d'orthographe quand tu t'es mis à parler de Babar et du samedi soir chez moi. C'est peut-être signe que tu disais vrai. Mais j'hésite encore à le croire...

Oui, Rimbaud et Verlaine étaient amoureux.

Seulement Rimbaud a fini par plaquer Verlaine. Il y en a toujours un qui plaque l'autre dans les belles histoires d'amour...

## MAIL N° 4

Bastien à Virginie

Se retrouver au C.D.I. à huit heures trente, c'est déprimant. Ce n'est pas que les livres me donnent envie de dormir, mais le matin, à l'aube, ils dégagent comme de la tristesse... Je trouve que le livre est un objet du soir. Si les bibliothèques ouvraient la nuit, je suis sûr qu'elles feraient un malheur, moi en tout cas je les fréquenterais. Oui, ce serait une sacrée invention : une biblio-discothèque. Y a bien les bibliobus !

Absence du prof de gym au dernier moment. Dire qu'on aurait pu faire la grasse mat' ! J'ai décidé d'occuper en partie ces deux heures de permanence à t'écrire. Je me suis installé au C.D.I. pour utiliser la bécane : j'ai dit à madame Couderc que je devais faire des recherches sur Internet. (T'as raison, c'est vachement pratique, le correcteur d'orthographe !)

Quand j'ai lu ton dernier mail, je t'ai aussitôt imaginée en colère. En général, lorsque tu es en rogne, une grosse veine barre ton front. Elle part de ton sourcil gauche et va jusqu'à la racine de tes cheveux. Elle gonfle, elle palpite, on a l'impression qu'elle va éclater. On a envie d'y passer le doigt pour la calmer, l'apaiser... J'aimerais bien pouvoir la caresser...

Ton allusion à Rachid, j'ai pas beaucoup aimé. Si je décortique ton raisonnement, ça donne à peu près ça : l'influence de Rachid fait de moi un mec perché sur son arbre, un primate, un cousin direct du singe, quoi. Y a quantité de fachos qui traitent les Arabes ou les Noirs de singes. Et tu sais que, question racisme, je réagis au quart de tour. Sûrement parce que je suis fifty-fifty, moitié-juif, moitié-catho. N'empêche que je suis circoncis. Et que, si les Allemands redébarquent au collège comme en 40 et nous font baisser nos slips en classe, je suis bon pour le train, et pas le TGV 1re classe. Tu verras, c'est au programme d'histoire cette année, mais moi, mon grand-père, il m'a déjà fait les cours relatifs à cette période. Alors, dis pas des trucs comme ça, ma belle ! Pas toi. T'es trop bien pour ça. Et puis, c'est pas un con, Rachid, loin de là. Seulement chez lui, il a des problèmes que toi, bien à l'abri dans ton confortable cinq pièces, t'es même pas en mesure d'imaginer.

J'ai aussi choisi le C.D.I. parce qu'il est mitoyen avec la salle où tu as cours en ce moment. En traversant le couloir, j'ai essayé de te faire signe, mais rien à faire, tu ne m'as pas vu, tu n'as même pas daigné tourner la tête.

J'ai remarqué que tu étais assise au premier rang, ce qui n'est pas dans tes habitudes. Tu avais l'air assez captivée par le cours. Ce type, c'est bien Delcroix, le nouveau prof de français ? Il a un drôle de look. Jean noir, tee-shirt noir, il a quelque chose d'un croque-mort mitigé d'un ex-rocker. Il porte des bijoux en plus. Ça fait has been. J'ai horreur des profs qui veulent se donner des allures de jeunes. Tout à l'heure, il gesticulait comme un pantin sur l'estrade, je me demande bien ce qu'il pouvait être en train de vous raconter...

Derrière son ordinateur, madame Couderc me surveille du coin de l'œil. Elle est toujours méfiante quand j'entre au C.D.I. Si par malheur j'emprunte un bouquin, elle balise aussitôt. Qu'est-ce qu'elle imagine ? Que je vais arracher les pages ? Que je vais gribouiller dessus comme un gosse de maternelle ? Je dois dire que c'est quand même un peu ma faute. Elle m'en veut depuis l'année dernière : un jour, pour rigoler, je lui ai demandé une revue porno. Elle a vraiment pas le sens de l'humour ! Et puis quoi ! Elle a pas un seul livre sur la photo dans ses rayons. J'y peux rien, y a que la photo qui me passionne, moi !

C'est bizarre, elle a changé. J'arrive pas à savoir en quoi exactement. J'ai l'impression qu'elle a grossi, et pas qu'un peu. Mais oui, c'est ça, elle a pris du bide. Oh ! La vache ! Elle est... Attends, je vérifie encore, coup d'œil discret...

Oui, pas de doute, elle est en cloque.

Ça alors, j'en reviens pas ! Si madame Couderc est enceinte, ça veut dire qu'elle a couché avec un homme ? ! C'est possible, une chose pareille ? Excuse-moi Virginie, mais je suis obligé de faire un break dans l'écriture de ce mail. J'ai des tas d'images qui défilent dans ma tête et je suis incapable de les maîtriser – comme toi avec tes pensées qui passent sous les avions de Babar.

Madame Couderc, nue. Voilà le tableau que j'ai sous les yeux. Mais c'est quasiment une scène sortie tout droit d'un film d'horreur ! Alors je rectifie : je lui ajoute vite-fait un soutien-gorge et une culotte. Pas des Dim en coton ou dentelle. Surtout pas un Wonderbra. Non. Plutôt les soutifs qu'on peut voir exposés dans les vitrines de Damart, bardés d'armatures, et la culotte qui fait gaine. La couleur ? Le noir, c'est exclu. Je verrais plutôt cette teinte immonde là, beige foncé, couleur chair on dit je crois... Bien, maintenant, la coiffure. Les cheveux tombant sur les épaules ? Ou bien le chignon qu'elle a l'habitude de porter ? Je garde le chignon. D'ailleurs, ça doit être un postiche, elle peut pas avoir de vrais cheveux, c'est pas possible. Maintenant, dans quelle pièce je la situe ? Dans sa chambre à coucher ? Oui, forcément.

(L'assaut passionné sur la table de la cuisine, ça correspond pas vraiment au personnage !) Comment elle peut bien être, la chambre à coucher de madame Couderc ? Je n'arrive pas à l'imaginer autrement qu'avec des livres partout. Bien rangés avec des étiquettes devant. En tout cas, ce qui est sûr, c'est que j'éteins la lumière. Que je la mets au lit et que je lui rabats la couette jusqu'aux narines.

Éclats de rire. Ils viennent de votre salle. Décidément, le cours de français de la troisième Rimbaud a l'air plutôt animé. J'en suis un peu jaloux. Je crois même reconnaître ton rire qui se détache des autres. J'adore quand tu rigoles. On voit tes dents, elles sont aussi blanches que dans les pubs pour les dentifrices. Il est si amusant que ça, ce monsieur Delcroix ? Au moins, le bruit a eu le mérite de couper court à mon film d'horreur. Je laisse madame Couderc sous sa couette avant l'entrée de son mari, ou de son concubin, ou de son amant, auquel je ne peux vraiment pas donner une figure humaine. À mon avis, pour être enceinte, elle a consommé avec un extra-terrestre.

Ce que je retiens dans l'expression « journal intime », c'est « intime ». Alors, sur le principe d'être ton intime, je suis entièrement d'accord.

Mais j'attends, Virginie. J'attends de savoir enfin ce que tu mijotes dans ta charmante petite tête.

P. S. Tu dis que c'est Rimbaud qui a plaqué Verlaine ? T'es sûre ? Si c'est bien le cas, j'aime pas trop. C'est plutôt mauvais signe. Est-ce que ça voudrait dire que tu finiras par me plaquer ? Mais bon, après tout, c'étaient des homos. On peut pas comparer.

Fais gaffe, surtout, ne me réponds pas sur la bécane du C.D.I.

**MAIL N° 5**

Virginie à Bastien

Moi aussi, ça me fait toujours un choc de voir des femmes enceintes – et certaines plus que d'autres. Après tout, exhiber un gros ventre, c'est montrer à tout le monde ce qu'en général on s'évertue à cacher, ce dont on ne parle jamais. Ça revient à dire : « Voilà. On me l'a mis. En plein dans le mille ! » Mais tu sais, je crois qu'il faut admettre une chose : c'est que les adultes, les profs, les surveillants, les parents, bref, tous ceux qui nous entourent ont quelque chose au-dessous de la ceinture – même le principal et son adjoint ! Ils sont mariés tous les deux, et ils ont des enfants. Donc... (Est-ce que tu crois que le principal baise avec sa cravate ?)

Moi, à ce propos, j'ai eu un sacré choc il y a trois ans. Quand ma mère m'a annoncé sa grossesse. Je me souviens de ce moment jusqu'au moindre détail. C'était un soir, on dînait toutes les deux, mon père avait téléphoné pour prévenir qu'il rentrerait tard. Tout naturellement, avec un sourire, un grand sourire, un beau sourire dont j'ai été aussitôt jalouse, parce qu'il illuminait son visage, d'une voix que jamais je n'avais trouvée aussi douce, ma mère m'avait dit : « Ma chérie, tu vas avoir un petit frère pour Noël ». C'était juste entre le fromage et le dessert : le camembert m'est resté en travers de la gorge et le flan à la vanille m'a donné envie de vomir. J'ai lancé un vague « super » et je suis allée m'enfermer dans ma chambre.

Je ne savais plus où j'en étais, je perdais tous mes repères, j'avais l'impression que la maison allait s'écrouler. Pourquoi ? Parce que, comme toi avec madame Couderc, j'ai eu aussitôt des tas d'images en tête. Or, c'étaient des images que je ne voulais pas voir. Des images que je voulais censurer à tout prix. Mais plus je m'interdisais de me les représenter, plus elles s'imposaient.

Ma mère au lit, avec mon père.

Mon père au lit, avec ma mère.

Mon père et ma mère, au lit, ensemble !

Mon père et ma mère, à poil !

Mes parents qui faisaient l'amour !

Ça me semblait impossible. J'avais l'impression d'une trahison.

Et les questions qui continuaient d'affluer ! Où ont-ils fait ça ? Ici ? À la maison ? Au salon ? Dans la salle de bains ? Dans leur chambre ? Mais leur chambre, elle est juste à côté de la mienne ! Séparée de mon lit par une cloison aussi mince que du papier à cigarettes !

Quand l'ont-ils fait ? Je me souviens même que j'ai pris un calendrier pour essayer de situer le jour exact. Est-ce que c'était la nuit, pendant que je dormais ? Pourquoi ça ne m'avait pas réveillée ? Ou alors, ils avaient attendu que je sois au collège et ils avaient fait ça en pleine journée, pendant que moi, pauv' pomme, je planchais sur un examen blanc ! Et puis des questions supplémentaires sont encore venues s'ajouter aux autres. Coucher, d'accord. Mais pourquoi faire un bébé alors qu'ils m'avaient, moi, alors que j'avais déjà douze ans ?... Accident ? Panne de préservatifs ? Préservatif troué ? Oubli de pilule ? Ma mère avait un amant ? Oui, j'en suis même arrivée à cette éventualité. À la naissance du bébé, une de mes questions au moins a trouvé une réponse. La bobine du frérot étant la réplique miniature de celle de mon père, j'en ai déduit que ma mère n'avait pas d'amant. OUF ! Et, par voie de conséquence, que ce petit frère n'ayant pas été conçu dans une feuille de chou, que l'Immaculée Conception, c'était juste bon pour les cours de catéchisme, ce bébé était tout simplement né de l'union de mon père et de ma mère. Qu'il n'y avait rien d'anormal à ça. Oui, j'ai fini par admettre que les parents avaient le droit de faire l'amour.

On appelle ça « le devoir conjugal ». Je trouve cette expression atroce : « devoir », c'est exactement le même mot que pour le boulot qu'on a à faire tous les soirs en rentrant du collège, et « conjugal », ça commence par « con » et ça ressemble à « conjugaison ». De quoi être dégoûté d'emblée.

Une fois le choc passé, j'en ai profité pour partir à l'assaut. J'ai bombardé ma mère de questions sur les rapports sexuels. Je dois dire qu'elle a été très chouette et m'a répondu sans faire d'impasses. Dans la foulée, elle m'a promis que quand j'aurais quinze ans, elle me prendrait un rendez-vous chez son gynéco. Elle a tenu parole : j'ai eu quinze ans en juillet et depuis, je prends la pilule. Et comme la pilule n'est pas une protection contre le sida, j'ai toujours un préservatif sur moi... Oui, tu t'es trompé, Bastien, ce fameux samedi soir, y en avait des préservatifs. Dans le tiroir de mon bureau. Le seul problème, c'est que... J'ai eu beau parler assez librement avec ma mère, il reste quand même des zones d'ombre. Le mode d'emploi dans la boîte de préservatifs, il est réduit au minimum. C'est pas évident de faire une répétition, de se préparer, et quand le jour J arrive, il y a toujours un imprévu. La preuve, le samedi soir avec Babar, j'avais pas prévu que je me mettrais à pleurer comme une madeleine.

Si bien que les préservatifs, je n'ai pas encore eu l'occasion de les sortir de leur emballage. Sauf pour jouer avec, quand, assise à mon bureau, je sèche sur une dissert et que je m'amuse à voir si c'est aussi extensible qu'un vieux chewing-gum mâchouillé pendant des heures, ou pour essayer d'en enfiler un sur un stylo – mais les proportions ne sont pas vraiment bonnes ! Remarque, j'ai de la marge, *nous* avons de la marge : la date de péremption est en 06/2011. Oui, j'ai découvert qu'il y a une date limite de consommation, comme sur les lots de yaourts ou la crème fraîche. (Je me demande ce qui se passe quand on utilise un préservatif dont la date est dépassée. Est-ce que ça fait comme pour les yaourts, on est intoxiqué ? On tombe malade ? On vomit ? On passe sa journée aux toilettes ?)

En attendant, revenons à nos moutons ! À mon projet ! Voilà ce que j'ai en tête.

Il y a dans la classe une nouvelle, Delphine. D'après ce que j'ai pu comprendre, elle vient d'un petit collège privé d'Afrique du Sud ou je ne sais trop. Sous des dehors apparemment coincés – elle est fagotée comme ma grand-mère, mais très bien fichue, coiffée comme un as de pique alors qu'elle a des cheveux magnifiques, des yeux immenses qui, avec un peu de maquillage seraient incroyables – je la soupçonne d'être une graine d'allumeuse. J'ai déjà surpris les regards qu'elle et Francis ont échangés à plusieurs reprises. J'ai envie de voir un peu ce qu'elle a dans le ventre. Je ne lui donne pas deux mois avant d'apparaître comme la plus délurée d'entre nous toutes. En plus, elle m'a déjà fait des avances, enfin, je veux dire, je sens bien qu'elle a envie de se lier avec moi. Qu'on devienne amies. Je vais mordre à l'hameçon.

Et toi, là-dedans ? C'est tout simple. Je voudrais que tu la dragues. Je voudrais que tu sortes avec elle. Et que tu me tiennes au courant de tes progrès pas à pas.

P. S. À propos du nouveau prof de français, Delcroix : il ne veut pas « faire » jeune, comme tu dis. Il est jeune, tout court. Enfin, une trentaine d'années. Et il est super sympa. L'autre jour, je t'ai effectivement vu passer dans le couloir. Mais je n'avais pas envie d'attirer l'attention sur moi en répondant à tes signes. Et surtout, je n'avais pas envie de perdre une seule des paroles de Delcroix. Il nous a fait une introduction absolument géniale au théâtre de Marivaux. Les femmes chez Marivaux, leur modernité, leur « perversion », c'est le mot qu'il a employé. C'était passionnant. Et les éclats de rire que tu as entendus lorsque tu étais au C.D.I., c'est quand il nous a imité un spectacle qu'il a vu il y a quelques années à Paris. Jane Birkin dans *La Fausse suivante* de Marivaux justement. Il a pris une voix de crécelle et un accent anglais, c'était à mourir de rire. Après, il est passé à l'imitation de la fille, Charlotte Gainsbourg dans *Les Hauts de Hurlevent*. Il nous l'a mimée avec le menton en avant – c'est vrai qu'elle est prognathe ! – en train d'essayer d'embrasser William Hurt. Enfin il a terminé par une dernière imitation, celle de Serge Gainsbourg, le père. Il a allumé une cigarette – oui, en classe ! – et il s'est mis à fredonner en tirant sur sa clope comme un malade.

HI-LA-RANT.

Je crois qu'il est question qu'il anime un club théâtre en parcours diversifié. Je vais m'y inscrire.

Il ne porte pas de bijoux. Juste une gourmette en or au poignet droit et une chevalière avec une aigue-marine au petit doigt de la main gauche. C'est tout. Pas de chaîne. Pas de boucles d'oreille. C'est discret et original. Et je trouve que ça lui va bien.

C'est bien Rimbaud qui a plaqué Verlaine. Pas de doute. Verlaine n'a pas supporté, il a insisté pour que Rimbaud reste et il s'est pris une balle dans le poignet. Homos ou pas homos, ils étaient ensemble et ils s'aimaient. Je ne vois pas quelle différence ça peut faire. Toi aussi tu es raciste, sans t'en rendre compte. Dès que tu vois un homo, tu peux pas t'empêcher de le vanner. Rappelle-toi le frère aîné de Julien, l'année dernière, pour la fête chez lui en fin d'année. Il est venu s'assoir à côté de toi, t'a offert un verre, histoire de faire connaissance, dès que tu t'es aperçu qu'il était maquillé et qu'il tenait son verre avec le petit doigt relevé, tu as fait un bond et tu t'es enfui à l'autre bout de la salle, comme s'il y avait eu une bombe sur le canapé.

Rachid, c'est pas parce qu'il est arabe qu'il m'énerve. Mais c'est le genre qu'il se donne. Son tic insupportable : il ne peut pas aligner une seule phrase sans qu'il y ait le mot « niquer » toutes les trente secondes. Et quand tu es avec lui, tu parles de la même manière. Ça m'agace, c'est pas naturel, ça te va pas ! Sans parler de son côté macho. Pour lui, les filles, c'est de la viande, rien de plus. D'ailleurs, à ce propos, j'aimerais bien savoir si tu as déjà participé à une de ces soirées dont je l'ai entendu se vanter... Parce que si c'est le cas, je... BREF.

## MAIL N° 6

Bastien à Virginie

Je pige pas.

Je pige pas. Je pige pas. JE PIGE PAS !

T'étais complètement pétée quand tu m'as écrit ? T'avais bu ? Fumé ?!!!

Tout ce cirque, toutes ces précautions, tous ces secrets, ces manigances pour en arriver là ? Pour le cou, (t ou p ? Merde ! Tant pis ! J'active pas le correcteur d'orthographe), je te garantis que demain, je file au self te faire un shampooing avec la sauce bolognaise des spaghettis qui seront au menu. Moi, je boufferai pas, demain. Et pendant plusieurs jours sans doute. Ton mail m'a foutu la nausée, j'ai une barre dans l'estomac.

C'est donc ça, ton grand projet ? Tu me demandes d'aller draguer une autre nana ? Une nana avec laquelle tu comptes te lier, en plus ? T'as envie de te faire « copine » avec elle au sens propre du terme ? Oui, je suis vulgaire ! Mais c'est la colère, figure-toi ! Tu peux me dire quel intérêt je vais trouver à ce genre de magouille ? Et toi, quelles billes tu vas retirer de ce jeu malsain ?

Et nous ? On devient quoi dans tout ça, nous deux, TOI ET MOI ?

Je sais pas ce qui se passe dans ta petite tête, c'est sûrement la soirée Babar qui t'a chamboulée, tu l'as prise comme un échec. On n'a jamais pu en parler tous les deux, puisque, manque de chance, tu partais en vacances le lendemain. Mais je te l'ai dit dans mon dernier mail, on était émus, toi et moi. Et c'est normal. Je crois même que ça s'appelle l'amour. L'amour, ça rend maladroit. Surtout la première fois. Je voulais pas louper la première fois avec toi. Légitime, non ?

Ta Delphine, je ne l'ai même pas repérée dans un couloir. Je vois pas de quoi elle a l'air. Et si Francis – cette espèce de petit con facho, j'ai jamais pu le supporter – louche sur elle, eh bien, laisse faire ! Qui se ressemble s'assemble. Ça veut dire que cette nana est une pétasse.

Réagis, Virginie. Réagis. Dis-moi vite que c'était une mauvaise blague.

On reprend tout et on repart à zéro.

P.S. Je trouve que t'en parles beaucoup, de Delcroix. L'année dernière, t'étais plus portée sur les maths que sur le français, si mes souvenirs sont bons. Complètement ringard, les profs qui font des imitations en classe. Remarque, à mon avis, l'imitation de Gainsbourg, pour Delcroix, c'était facile. Ils se ressemblent tous les deux. Grand pif et oreilles décollées. Et bien imbibés d'alcool. Avant-hier, j'étais dans le bureau du conseiller d'orientation, Delcroix y est passé trois minutes pour prendre un document. Après son départ, la pièce puait la vinasse. Or, c'était à treize heures. Il doit picoler, ça fait pas un pli.

O. K., Rimbaud a plaqué Verlaine, je l'ai vérifié dans un bouquin. Mais avant ça, il s'étaient pas fait que des bisous et des papouilles. Ils vivaient ensemble (en Angleterre ! Mon rêve !), ils couchaient ensemble ! Ce qui n'est pas notre cas. Et juin 2011, ça me semble quand même un peu loin.

Quant aux pseudo-soirées de Rachid, tu n'y es pas du tout. Primo, ce sont les soirées organisées par son frère, son frère qui a dix ans de plus que lui. Et jamais il n'y a foutu les pieds. Pour la bonne et simple raison que son frangin remplace son père chez lui et qu'il le considère encore comme un môme, qu'il lui interdit des tas de trucs. Et deuxio, comme tu le dis si bien, Rachid se donne un genre. Il se vante de choses qu'il ne fait pas.

Je me demande... Je me demande, Virginie, si ta petite cervelle ramollie n'est pas en train de tout mélanger. Est-ce que par hasard, t'aurais pas regardé un reportage sur Arte, il y a quelques mois ? – Oui, de temps en temps, je mets Arte, surtout à l'heure où ma mère rentre du boulot, ça la rassure, elle dit que même si c'est la télé, je peux apprendre des trucs. Bref, dans cette émission, il était question de mecs des cités (des Beurs, évidemment) qui, sous prétexte de soirées, violaient des filles dans les caves. Finalement, la télé intello, elle est pire que la 6 avec Loft Story, elle fait du mal ! Parce qu'après, les gens confondent tout. On met tout le monde dans le même sac et on secoue pour faire un mélange qui n'a plus aucun sens.

Rachid, il est pas comme ça, je peux te l'assurer. Mais, j'y pense tout à coup ! Tu te serais pas mis en tête que... Rachid = soirées. Je suis le pote de Rachid = je suis allé à une de ces soirées et j'ai... Ce serait pas pour ça que tu pleurais le samedi des Babar ? Je m'en souviens maintenant, cette émission sur Arte, elle est passée au début du mois de juillet, et Babar, c'était fin juillet.

Merde ! Je sais plus quoi dire, tellement je suis scié.

## MAIL N° 7

Virginie à Bastien

T'es tellement beau quand tu te mets en colère, Bastien. Rien que pour ça, je ne regrette pas une ligne de mon dernier mail. Chez toi, la colère, c'est au niveau de la bouche qu'elle se traduit. Tu serres les lèvres si fort qu'elles dessinent une ligne parfaitement droite et du coup – c'est un P, pas un T à la fin – on voit le dessin de tes mâchoires qui frottent l'une contre l'autre, qui palpitent, comme un battement de cœur au beau milieu du visage... Tiens, au-dessus de ma tête, le Babar bleu a bougé : il est d'accord avec moi.

La dernière fois que je t'ai vu en colère, c'était l'année dernière, après les vacances de Pâques. Quand tu t'es battu avec Francis dans la cour du collège. J'avais pas bien suivi le début des hostilités, mais d'après ce qu'on m'a dit, il avait eu un mot de travers envers Rachid et ça t'avait mis en pétard. C'était plus que de la colère, c'était de la rage. Jamais je ne t'avais vu dans un état pareil. Tu es devenu rouge de la tête aux pieds. Réellement. Je me souviens avoir remarqué que tes bras, tes avant-bras, tes mains, tes doigts étaient rouge violacé. Avec tes yeux verts, ça faisait un curieux contraste. Tu as foncé sur Francis tête en avant, un vrai taureau dans l'arène ! Et tu t'es mis à le frapper avec une violence ! Une violence dont jamais je ne t'aurais cru capable. Une violence qui m'a fait peur. Vous étiez dans un sale état tous les deux, le visage en sang, c'était affreux. C'est le principal lui-même qui a réussi à vous séparer ; le pion, lui, il s'était pris un mauvais coup en essayant. Mais cette sale histoire t'a valu trois jours d'exclusion. Idem pour Francis. Ce que, je crois, tu avais trouvé totalement injuste.

Si tu y réfléchis bien, ce que je te propose, par le biais de Delphine, n'est ni plus ni moins qu'une vengeance. Francis t'a fait un coup en vache, tu t'es pris trois jours d'exclusion à tort, imagine un peu la tête qu'il ferait si tu lui soufflais Delphine sous le nez ? D'ailleurs, entre parenthèses, il a déjà pris de l'avance. Je les ai vus discuter hier après le cours de français, je crois même qu'ils ont échangé un bouquin. Tu sais bien que ça commence toujours comme ça : on s'échange des livres ou des C. D., on se dit qu'on va réviser ensemble et après, paf ! En tout cas, tu as intérêt à faire vite, parce que j'ai l'impression que non seulement c'est une bonne élève en cours – Delcroix l'a félicitée hier, parce qu'elle a trouvé le nom de l'auteur d'une citation, j'ai pas aimé – mais j'ai l'impression qu'elle peut être bonne aussi dans beaucoup d'autres domaines.

Quant à moi, c'est très simple. Je veux me borner à un travail d'observation. Tu sais bien que je suis une scientifique, que j'ai l'intention de faire médecine plus tard. L'observation d'un sujet, c'est capital, l'autopsie d'un corps aussi. Oui, ils découpent les morts, les étudiants en médecine, berk, je ne sais pas si je tiendrai le coup. Alors pourquoi pas l'autopsie des sentiments ? Je veux vous observer, comme les petites souris qu'on enferme dans des bocaux en cours de biologie. L'observer, elle, t'observer, toi. Faire un peu comme si elle était moi, l'année dernière. Parce que nous deux, on est allés trop vite. Notre fameux samedi soir, à part Babar, y avait aussi la chaleur. Il paraît que ça rend fou. Maintenant, on entre peu à peu dans l'automne, ensuite viendra l'hiver et finalement, je trouve ça mieux d'attendre.

Je ne te demande pas d'aller jusqu'au bout avec Delphine. Pas forcément. À toi de juger. Au bout, il y aura nous deux. Je décrocherai le mobile Babar.

C'est quelque chose que je te demande de faire. Pour moi. Un pari que j'aimerais te voir relever.

T'es cap ou t'es pas cap ? (Je disais ça quand j'étais en primaire.)

P. S. C'est vrai, je le reconnais, j'ai vu l'émission sur Arte au début de l'été dernier. Et ça m'a bouleversée. D'autant que les filles qui avaient été violées avaient toutes mon âge pour la plupart, ou à peine un peu plus. Mais jamais, jamais, tu m'entends, j'ai pensé une seule seconde que t'étais capable d'une chose pareille ! Ce serait complètement dingue de penser un truc aussi horrible ! Tes raisonnements, tes hypothèses, tes égalités, elles sont foireuses ! J'ai l'impression que tu n'as pas beaucoup progressé en maths.

Et puis, je ne pensais pas à des soirées de ce genre, mais plutôt à des *rave party*. Je ne sais pas au juste ce que c'est, mais il paraît qu'il s'y passe des choses louches. Et ça me fiche la trouille...

Je vais te dire pourquoi j'ai pleuré sous la danse des Babar : tout à coup, je me suis dit que pour toi, c'était peut-être pas la première fois. Toujours ce fichu mécanisme des images qu'on peut pas contrôler, je t'ai imaginé avec une autre et ça m'a bloquée. J'ai pensé aussi que tu serais déçu en découvrant que moi je n'y connaissais rien.

D'ailleurs, tu vois, c'est bien pour ça que je préfère t'écrire. Jamais je n'aurais pu te le demander de vive voix. Est-ce que t'es... v..., non, on dit pas « vierge » pour un garçon, on dit « puceau », n'est-ce pas ? Bref, t'as déjà couché avec une nana ou pas ?

Delcroix n'a pas du tout les oreilles décollées, où est-ce que t'es allé chercher ça ? Son nez est un peu long, mais parfaitement proportionné par rapport au reste du visage. Ça lui donne même tout son caractère. Une vague haleine alcoolisée, oui, j'ai remarqué, et encore pas tous les jours. Pas bien méchant. Va savoir, peut-être qu'il boit pour oublier quelque chose, un chagrin... d'amour – il ne porte pas d'alliance. Y a des bruits qui courent comme quoi sa femme l'aurait plaqué. J'espère que c'est vrai !

En tout cas, c'est un super prof. Je suis en train de lire tout le théâtre de Marivaux, c'est génial ! Important, le français. Un bon médecin doit avoir une bonne culture générale. Donc, j'ai intérêt à briller en français et c'est bien ce que je compte faire. L'année dernière, avec Boutin, dite « madame Moustache », comment voulais-tu que je fasse des étincelles ? Elle avait tellement hâte d'être à la retraite qu'elle roupillait en classe, alors je faisais pareil. On dormait tous, tu t'en souviens pas ?

## MAIL N° 8

Bastien à Virginie

1) T'es pas à une contradiction près.
2) Tu sais toucher les cordes sensibles.
3) T'es complètement tordue.

**Arguments concernant le point n° 1 :**

(Détrompe-toi, Legendre m'a dit que j'ai fait pas mal de progrès en maths, que je raisonne beaucoup mieux !)

Tes contradictions. Tu me proposes d'aller draguer une autre nana et tu pleures sous les Babar, parce que tu te demandes si je suis puceau ou pas. Y a comme un truc qui cloche... Mais t'as raison, si tu m'avais posé la question de vive voix, je me serais senti obligé de bluffer, de dire que j'ai déjà une dizaine de filles à mon actif. Alors que là, devant l'écran, devant les grands yeux verts de Salomé – ma chatte, pelotonnée près du clavier pendant que j'écris – qui me fixent d'un air ahuri, j'ai pas envie de raconter des salades.

Alors pour répondre à ta question, puceau, je le suis plus, ou bien je le suis encore à moitié, je sais pas trop finalement. Salomé a relevé la tête et lancé un miaulement impatient : elle me demande de préciser. Je vais essayer.

Ça s'est passé... euh... pas au camp de nudistes dont je t'ai parlé, mais pendant les vacances d'avant. C'est bizarre, l'été, on a envie de changement, on part et on se dit qu'il faut absolument revenir différent. C'était en Italie. À Florence. Dans un hôtel. Un hôtel pas super classe, mais un beau bâtiment, un peu vieillot, qui tenait à la fois du couvent et du palais vénitien en ruine. Au début, le côté couvent me fichait un peu les boulons. Je m'emmerdais. Je m'emmerdais ferme. La tournée des musées toute la journée avec les parents, j'en pouvais plus. Mais à l'hôtel, y avait cette fille. Elle devait avoir, je sais pas, dix-huit ans peut-être. Elle travaillait comme femme de chambre. Elle venait le matin apporter le p'tit déj dans les chambres. Celle de mes parents et la mienne. Et le soir, elle servait à table. Bon, au début, j'avais pas remarqué grand-chose, juste les sourires qu'elle me faisait, tout plein de sourires. Chaque fois, je piquais un fard. Même que ma mère, elle a fini par me tartiner d'écran total en pensant que j'avais pris des coups de soleil... Merde ! Salomé a bondi sur le clavier, elle a failli tout effacer. Elle trouve que je lambine et veut que j'aille droit au fait.

Mais comment aller droit au fait, vu que je sais pas trop ce qui s'est passé ?

Un soir, mes parents étaient invités au resto avec un couple d'amis qu'ils avaient rencontrés au musée Bargello devant un tableau de Michel-Ange. Moi, j'avais dit « merci non », que je préférais prendre un bouquin, que les coups de soleil m'empêchaient de marcher. J'étais seul dans ma piaule, à oilpé sur mon lit, transpirant comme un bœuf – ça transpire un bœuf ? Il faisait une chaleur atroce : le samedi des Babar, à côté, c'était carrément l'hiver. J'ai eu soif, j'ai enfilé un tee-shirt et un short et je suis descendu à la réception demander un Coca. Seulement dans l'escalier, j'ai croisé Vincenza (c'était son prénom). Elle m'a souri, encore, encore, encore, tout en parlant, parlant, parlant. Or, je comprenais rien à ce qu'elle racontait. Je connaissais qu'un seul mot d'italien : « pronto ». (Je croyais que ça voulait dire « prêt » et en fait, ça veut dire « allô ».) Comme je lui faisais des signes pour dire que je comprenais rien, elle a pouffé de rire et m'a pris la main. On a descendu l'escalier, plusieurs escaliers, longtemps. Avec son passe, Vincenza ouvrait des tas de portes qui menaient chacune à des couloirs et des escaliers différents, jusqu'à ce qu'on se retrouve dans les sous-sols de l'hôtel. Elle m'a poussé vers un coin qui était tout en pagaille, une sorte de buanderie. Y avait des montagnes de serviettes de toilette : d'un côté les sales, dans des grands sacs qui débordaient, de l'autre les propres, en tas bien nets. Je me souviens que de ce côté-là, ça sentait rudement bon. Comme un parfum de lavande. Mais y avait aussi des machines, des grosses, de la tuyauterie partout, si bien que la chaleur était encore plus atroce qu'en haut et j'étais limite malaise.

Vincenza m'a déshabillé, elle a viré mon teeshirt, mon short... Arrivée au slip, je me suis dit que quand même, j'étais cap de l'enlever tout seul. Seulement manque de bol, je me suis emmêlé les pinceaux, j'ai perdu l'équilibre et je me suis cassé la figure. Et Vincenza de se bidonner. Après, elle s'est allongée près de moi et elle a commencé à me caresser. Moi, j'ai bien essayé, mais je sais pas comment je me suis débrouillé, il faisait sombre, je voyais pas où je posais les mains, si bien que je caressais que les serviettes. C'était doux, mais bon... Voyant que ça marchait pas bien, elle m'a encore souri et m'a entraîné dehors cette fois, sur la plage. Toujours en passant par des recoins secrets. On est allés dans un bungalow qui sert aux gens à se mettre en maillot pendant la journée. Et là, on l'a fait. Enfin, c'est elle qui a tout fait. Elle me guidait avec sa main. Elle me murmurait des tas de mots, mais vu que j'en comprenais pas un seul... Je sais seulement que sa voix, tous ces mots en italien, ça faisait comme une musique. Une belle musique, douce à entendre et qui me faisait tourner la tête. Je me souviens que j'ai piqué un fard du tonnerre quand elle m'a enfilé le préservatif, parce que... plouf... tout à coup, je ne bandais plus. Et puis après, brouillard total. Je me souviens juste que son corps était chaud, brûlant. Qu'à l'intérieur de moi, y avait comme la plomberie des machines dans les sous-sols où on était l'instant d'avant. Dans mon ventre, y avait un enchevêtrement de tuyaux, tous plus brûlants les uns que les autres, surchauffés à bloc, avec des branchements mal connectés qui risquaient de créer un court-circuit. Je me faisais l'effet d'un colis piégé, d'une bombe à retardement... Mais tout a été très vite, trop vite, et à la fin, je me suis trouvé bête. D'autant que Vincenza a rigolé – une manie ! – en se rhabillant. Elle avait pas joui, c'est évident.

Avant de me quitter, elle m'a fait un gros bisou sur la joue. Tu sais, le genre de bisou qu'on fait à un bébé. Un truc sonore, qui claque sur la joue. Humiliant.

Elle est partie et j'ai passé le reste de la soirée à marcher tout seul sur la plage, le nez levé vers les étoiles. Le lendemain, j'étais super gêné. Qu'est-ce qui se passerait quand elle m'apporterait le p'tit déj dans la chambre ? Mais c'est une autre femme de chambre qui a apporté le plateau. Une vieille, qui pesait au moins cent kilos et qui portait un dentier (elle aurait pu jouer dans *Jurassik Park* le rôle du tyrex). J'ai plus jamais revu Vincenza. Elle avait quitté l'hôtel.

Et merde ! Salomé s'est encore fait la malle. Elle a le feu aux fesses, cette chatte. Ou alors, elle a pas trouvé mon récit à son goût. Elle va pas reparaître avant trois jours minimum. Et dans quel état elle sera en revenant ! Sale, le poil en bataille, hurlant de faim. Avec des yeux encore plus grands que d'habitude.

Au moins l'amour, chez les chats, c'est tout simple. Quand on a envie, on se sauve, et on revient quand on est rassasié.

**Arguments concernant le point°2 :**

Tu sais toucher les cordes sensibles. C'est vrai, j'ai une envie folle de moucher ce p'tit salaud de Francis depuis ce qui s'est passé l'année dernière. Et je te le dis d'emblée, après mûre réflexion : « je suis cap », je relève le défi. Je vais la lui piquer, cette nana.

*Parce que je veux qu'il souffre.*

L'année dernière, le « début des hostilités », comme tu dis, c'était qu'il avait traité Rachid de sale bougnoule. Et comme je lui avais demandé de lui faire des excuses, il m'avait traité illico de sale juif. (C'est curieux comme ces deux insultes vont toujours ensemble : si on n'aime pas les Juifs, on n'aime pas non plus les Arabes, et vice-versa.) J'ai vu rouge. Sans doute pour ça que je suis devenu rouge des pieds à la tête, comme tu l'as remarqué. Encore le mécanisme des pensées qui s'enchaînent et des images qui défilent sans qu'on puisse rien y faire. Y a eu comme un carambolage dans ma tête, ça a fait « clash ». J'ai repensé à ce que m'avait raconté mon grand-père. Quand on l'avait traité de sale juif, dans son enfance, et après. Quand, pendant la guerre, il avait été dénoncé par un voisin. Quand on l'avait emmené lui et sa famille entière en camp de concentration. Il en est revenu seul. Sa femme : morte, brûlée dans un four crématoire. Son fils et sa fille : idem. (Ma mère, c'est la fille d'un second mariage.) À la fin de sa vie, mon grand-père vivait avec nous à la maison. Toutes les nuits, il faisait des cauchemars, il se réveillait en hurlant. Et quand il est mort, à l'hôpital, j'étais à côté de lui, je lui tenais la main. Avant de mourir, il m'a dit « je veux pas retourner là-bas ». Y avait une peur atroce dans ses yeux. J'oublierai jamais.

Jamais.

Pourtant, y en a qui font tout pour qu'on oublie. Et Francis est en première ligne de ceux-là. Tout le monde le sait dans la région, son frangin, c'est un salopard d'extrémiste. Il milite dans un groupe. Ils sont dangereux, ces mecs-là. Faut pas les laisser faire. Une fois, je me suis glissé dans un de leurs meetings : ils commencent par parler « au peuple » soi-disant et, pour peu que la soirée soit arrosée à la bière, ils terminent en criant « mort aux Juifs, aux Noirs et aux Arabes ! » C'est à cause d'eux qu'on entend partout – même dans les campagnes où y a pas un seul immigré – des discours du genre « y a trop d'étrangers ».

Et ce p'tit con de Francis qui bave d'admiration devant son frère, qui veut l'imiter. T'as pas remarqué le genre qu'il se donne ? Avec sa coupe en brosse et ses yeux bleus, il lui manque plus que le manteau en cuir et c'est bon, il peut jouer le rôle du sous-off nazi dans une série télé.

Merde, tiens ! Y a pas deux minutes que Salomé est partie et elle me manque déjà. C'est fou le vide qu'elle laisse dans ma chambre. Quand j'ai le cafard, y a qu'elle qui arrive à me changer les idées...

**Arguments concernant le point n° 3 :**

Tu es sacrément tordue et je me demande si l'influence de Delcroix n'y est pas pour quelque chose. Je persiste et signe : en plus du grand nez et des oreilles décollées, il a des petits yeux vicelards, ce type, derrière ses lunettes. J'aime pas du tout.

Ou alors c'est Marivaux. Je vais le lire moi aussi, tiens, même si Toulet, notre prof de français, elle a nous a collé Sophocle. Je suis sûr que c'est rasoir, parce que Toulet, elle est barbante comme c'est pas permis. Au fait, pour Noël, j'ai envie de lui en offrir un, de rasoir. Si l'année dernière, Boutin avait de la moustache, eh bien cette année, Toulet, c'est sous les bras qu'elle a de la moquette. Ça fait guenon, c'est franchement dégueu. Vivement l'hiver, qu'elle mette des pulls avec des manches.

J'ai finalement réussi à la repérer, ta Delphine. Parce que, mine de rien, moi aussi j'ai commencé à poser des jalons. Il se trouve qu'hier, on est arrivés en même temps à la grille du collège. Elle a renversé son sac et je l'ai aidée à en ramasser le contenu. Elle a une jolie silhouette, c'est vrai, mais faudrait vraiment qu'elle se fringue autrement, parce que pour l'instant, elle a l'air de sortir tout droit d'un film des années trente. Et je dois reconnaître aussi qu'à part ceux de Salomé, j'ai jamais vu des yeux aussi verts. Je me demande si elle porte pas des lentilles, ça fait artificiel, y a même une pointe de doré autour de la pupille. Enfin, dernier point sur lequel je suis d'accord avec toi : elle a un regard d'allumeuse. Si bien que, sans me vanter, notre affaire va être facile, trop facile. Alors pour te montrer que finalement, y a pas que toi qui es tordue, j'ai décidé autre chose.

Double défi.

J'ai l'intention de draguer Audrey.
Oui, tu as bien lu.
Audrey. A-U-D-R-E-Y.
Et ça, ça va être une autre paire de manches.

**MAIL Nº 9**

Virginie à Bastien

Quoi ? QUOI ?
Audrey ?... J'ai bien lu Audrey ?
A-U-D-R-E-Y ?

Audrey, le laideron de service ? Audrey qui ne décroche jamais un mot à personne ? Audrey qui, depuis la sixième, depuis le premier jour de son entrée au collège, et sans doute bien avant encore, encaisse des vannes à longueur de journée sans jamais répliquer ? Audrey qui mesure un mètre vingt et pèse cent dix kilos ? Audrey qui a une double rangée de dents et des verres aussi épais que des loupes ? Audrey qui a de la moustache, du poil aux pattes et les aisselles velues comme une guenon ? – J'exagère, mais pas tant que ça ! – Audrey la bouseuse qui habite au fin fond de la campagne, à des kilomètres ? Audrey qui n'a jamais, jamais invité personne chez elle ? Audrey qui, dans les vestiaires, se cache pour se mettre en tenue quand on a gym ? Qui s'en va après la piscine sans prendre de douche pour que les autres filles ne la voient pas à poil ?

Ça alors, je n'en reviens pas !

Mais qu'est-ce que tu vas bien pouvoir faire avec elle ? Et tu dis que c'est moi qui suis tordue ? Mais tu me bats à plate couture ! Ou alors, c'est un nouveau trait de caractère que je découvre chez toi. Tu serais, attends, quel est le mot exact : « méchant » ? Non, je dirais plutôt « cruel ».

En tout cas, j'avoue que l'expérience ne manque pas d'intérêt. Dans mon laboratoire, j'observerai donc trois petites souris, évoluant dans deux bocaux ? Avec une souris qui passe d'un bocal à l'autre ?

Super ! Je crois que pour cette année, l'ennui va être éradiqué (= synonyme de « éliminé »). J'ai déjà nettement moins mal à l'estomac !

P. S. Delcroix n'a pas du tout des yeux vicelards. Pour une fois que des lunettes ne déforment pas le regard, justement ! Il porte des lunettes sans monture. Je trouve ça très élégant. D'ailleurs, je crois que ça coûte assez cher.

Si je n'avais pas décidé de faire médecine, je me serais lancée dans le théâtre. Rien que pour jouer un personnage de Marivaux. Dans *La Fausse suivante,* le personnage principal est une femme déguisée en homme et c'est fou le nombre d'aventures qui lui arrivent, à cause de cette fausse identité, les jeux ambigus auxquels elle se prête. J'attends avec impatience que le club théâtre se mette en place. Pourvu que Delcroix me donne le rôle du Chevalier !

J'imagine déjà la répétition de certaines scènes : Delcroix, tout près de moi, me prenant la main, m'indiquant comment je dois jouer... Je me demande... faut absolument que je retrouve le passage. Je crois bien qu'il y a un baiser à un moment dans la pièce.

La répétition du baiser avec Delcroix !

Je vais rentrer ça dans une case de ma petite tête (comme un dossier dans mon ordinateur) et faire en sorte que la petite case s'active pendant mon sommeil et se transforme en rêve.

## MAIL N° 10

Bastien à Virginie

« Cruel ». Toujours les grands mots avec toi !

J'ai juste envie de m'amuser un peu.

Ta description de cette pauvre Audrey est quand même super vache. « La double rangée de dents »... T'ajoutes ça au tableau, alors qu'il est déjà pas joli joli. Décidément, les nanas se font pas de cadeaux entre elles ! C'est pas la première fois que je le remarque. Souvent, dans la cour, je surprends des bribes de conversation entre filles.

Si les vannes étaient mortelles, le collège serait parsemé de cadavres.

Mais justement, ta description d'Audrey, si on la prenait à rebours ? Si on en profitait pour se poser les bonnes questions ? Pourquoi est-ce qu'Audrey subit les moqueries depuis toujours sans répliquer ? Pourquoi elle est grosse ? Pourquoi elle se fagote si mal ? Pourquoi elle se laisse aller à ce point ?

Tu l'as dit toi-même à propos de Delphine : « Imagine un peu de maquillage et elle aura des yeux superbes ». Eh bien, imagine Audrey après un régime. Imagine-la avec une coupe de cheveux différente. Imagine-la habillée autrement. Imagine un coup de baguette magique, quoi ! Comme dans les contes de fée. Ou bien comme dans les films. T'as pas vu *Mary Reilly*, avec Julia Roberts ? Cette Julia Roberts-là, c'est pas du tout celle de *Pretty woman*, elle est pâle, maigrichonne, rien à voir avec la bombe sexuelle qu'elle joue d'habitude.

Tiens, un autre exemple. Dernièrement, ma mère a retrouvé une amie d'enfance. Elle est venue dîner à la maison la semaine dernière. La vache ! T'aurais vu le canon ! C'est simple, j'ai rien pu avaler pendant tout le dîner. Quand elle est partie, ma mère me l'a montrée en photo, jeune – une photo de classe prise au collège – je te jure qu'on aurait dit la sœur jumelle d'Audrey, tellement elle était moche...

Je ne sais pas au juste pourquoi j'ai eu cette idée, mais je la trouve marrante.

Maintenant, une dernière chose : j'ai relevé le défi, un double défi, O.K. Seulement je ne sais pas encore comment je vais m'y prendre, que ce soit rapport à Delphine ou Audrey. J'ai besoin de réfléchir à ma stratégie. Seul. Ce qui veut dire que momentanément, on fait un break dans notre correspondance. Inutile de répondre à ce mail. Il vaut mieux que tu sortes de mon esprit pour l'instant. Que j'arrête de penser à toi.

Parce que tu vois, le soir, dans mon lit, quand Salomé est pelotonnée sur mon oreiller et qu'elle ronronne à tour de bras, j'arrive pas à m'endormir. Alors qu'est-ce que je fais ?... Je fais tourner les Babar dans ma tête.

*Babar bleu : Virginie a retiré son tee-shirt. Je lève les yeux sur ses seins. Ils sont beaux. Pas trop gros, bien ronds. On dirait des pommes... Babar rouge : Virginie est venue me rejoindre sous la douche. Je ferme les yeux. L'eau est froide et pourtant mon corps brûle. Mes mains frôlent sa peau. Douce. Je caresse ses seins, je l'attire à moi. J'ai le cœur qui bat à cent à l'heure. Babar jaune : nous sommes sur son lit. Je l'embrasse. J'ai l'impression que mon cœur est descendu dans mon slip. J'ai l'impression d'être une bombe qui va exploser. Mais elle se raidit, pleure, me repousse...*

C'est moi qui te ferai signe. Quand je jugerai le moment venu, je t'enverrai une autre bafouille. En attendant, je t'embrasse.

Patience.

Et pas de conneries pendant ce temps.

P. S. Les lunettes sans monture, ça vaut rien du tout. T'as pas entendu parler d'un type qui s'appelle Afflelou ? Chez lui, t'achètes une première monture et la deuxième te coûte 1 euro. Alors Delcroix, c'est sûrement là qu'il a acheté ses carreaux.

Pas la peine de se fendre pour lire Marivaux. Le thème de la nana déguisée en mec, ou du mec déguisé en nana, c'est hyper rebattu. T'as pas vu *Tootsie,* avec Dustin Hoffman ? Ou bien *Mrs Doubtfire,* avec Robin Williams ?

## LETTRE N° 11

Delphine à Micky

Ma chère, chère Micky !

Pardon de t'écrire si tard. Mais ces temps-ci, j'étais bien trop préoccupée pour prendre la plume. Tant de choses, oui, tant de choses se sont passées depuis notre arrivée en France ! Par quoi vais-je bien pouvoir commencer ?

Peut-être par le premier jour, tout simplement ? L'installation dans notre nouvelle maison à M.

Oh ! Le cafard ! Le cafard que j'ai eu, tu ne peux pas imaginer ! Nous n'avons qu'un ridicule jardinet d'à peine trois mille mètres carrés, alors qu'à Johannesburg, nous jouissions d'un parc immense et d'une piscine. Papa m'a promis qu'il en fera construire une dès l'été prochain, quoique le temps ici ne soit pas vraiment clément, il pleut très souvent. La maison est étriquée : pas plus de sept pièces, et encore, il faudra envisager des travaux ! Maman doit se résigner à n'avoir plus qu'une femme de ménage trois fois par semaine, au lieu des cinq personnes qu'elle avait à son service. Elle a accepté ce sacrifice en souriant : elle est tellement heureuse de retrouver la France, son pays. Mais pour papa et moi, c'est beaucoup plus difficile : papa dit que la France est un pays trop laxiste et moi... Moi, tu me connais : j'aime bien être choyée, dorlotée, j'en ai toujours eu l'habitude. À Johannesburg, Marcia s'occupait exclusivement de moi, depuis ma naissance. Elle m'habillait, me coiffait, prenait soin de mes affaires. Maintenant, fini ! Je dois ranger ma chambre, me débrouiller seule et parfois même, repasser mes vêtements... Quelle corvée ! Les domestiques ici coûtent très cher (même les Noirs exigent des tarifs exorbitants pour faire le ménage ou les travaux d'entretien !) Et d'ailleurs, des Noirs, il y en a partout. Ils circulent librement et n'habitent pas dans des quartiers qui leur sont réservés. Ils étudient dans les mêmes collèges que les Blancs. Oui ! Figure-toi qu'il y a plusieurs élèves noirs dans ma classe. Et ils ont à peu près le même niveau que les autres ! Incroyable, non ? Heureusement, ils s'assoient au dernier rang. Moi, je me suis empressée de m'installer le plus loin possible, devant.

Ce qui m'amène à te parler de la rentrée scolaire. Oh ! les premiers jours ont été terribles. J'étais perdue ! Ce collège à lui seul est aussi vaste qu'une ville. Récent, doté d'une architecture moderne, il est construit comme une espèce de cité : grandes avenues, immense préau, innombrables escaliers, passerelles d'un bâtiment à l'autre, etc... Aucun rapport avec notre petit collège Sainte-Marie. Et bien évidemment, puisqu'il s'agit d'un établissement public et laïque, les professeurs ne sont pas des bonnes sœurs. Il y a même beaucoup d'hommes. Pratiquement aucun, parmi eux, ne porte de costume ou de cravate. (Seulement le principal !) Ils sont vêtus de manière très décontractée, avec des tenues de week-end. Quant aux élèves, ils n'ont pas d'uniforme et s'habillent comme ça leur chante.

Si tu savais comme ta pauvre, pauvre Delphine a eu l'air ridicule, le premier jour ! J'avais mis une jupe plissée bleu marine, des collants bleus, des escarpins vernis et une chemise blanche.

Quand j'ai vu que tous les autres portaient des sweats, des pantalons de jogging et des chaussures de sport, je ne savais plus où me mettre, j'aurais voulu être une petite souris et disparaître dans un trou ! C'est simple, j'étais tellement contrariée que je n'ai pas pu suivre les cours, le premier jour. Quand je suis rentrée à la maison, j'ai raconté en sanglotant la honte que j'avais essuyée. Maman a été très compréhensive et m'a aussitôt assuré qu'elle changerait toute ma garde-robe. Mais il a fallu auparavant convaincre papa. Et ça, ça a été une autre paire de manches ! Il ne voulait absolument pas que je mette un pantalon pour aller en cours. « C'est indécent ! a-t-il dit, et vu la mixité dans les collèges, ça revient à provoquer les voyous noirs ! » Ce à quoi maman a rétorqué : « Nous ne sommes plus à Johannesburg ! Je te rappelle que même là-bas, l'apartheid a été aboli. Les Noirs ne sont pas forcément des voyous, il faudrait que tu te résolves à accepter cette idée ! » Ils ont encore failli se disputer. Tu sais bien que papa et maman ont des points de vue divergents, surtout en ce qui concerne les Noirs. Bref, au bout de quelques jours seulement, maman et moi avons pu enfin faire des achats. Il n'empêche que pendant une semaine entière, j'ai dû supporter les regards moqueurs des autres. Quel calvaire !

Maintenant ça va beaucoup mieux. Je commence peu à peu à m'intégrer parmi mes nouveaux camarades. Ils ont tous été très étonnés et admiratifs quand ils ont découvert, lors du premier cours d'anglais, que j'étais parfaitement bilingue. Eux, ils parlent l'anglais comme des enfants de cinq ans ! À ce propos, Micky, j'ai préféré t'écrire en français, pour t'aider à progresser dans cette matière et, de même, essaie de me répondre en français, je le corrigerai.

Ma chère Micky, la chose la plus importante que j'ai à te dire dans cette première lettre est la suivante : grâce à mes nouveaux vêtements, j'ai découvert mon corps. Je t'assure qu'avec un jean, un tee-shirt et des baskets, j'ai une autre allure. J'ai aussi coupé mes cheveux et, avec du gel, je peux faire des tas de coiffures. Fini le petit chignon serré que nous imposaient les bonnes sœurs ! Finies, les allures de sainte-nitouche ! Je ne suis plus une petite fille ! J'ai des fesses, j'ai des seins, et j'entends bien les mettre en valeur. Change de look, toi aussi, fais des essais le soir en cachette, tu verras... Il y a dans ma classe une fille, Virginie, qui est très sympathique. Je crois que nous allons être amies toutes les deux – rassure-toi, ça n'entamera en rien notre amitié. La semaine dernière, le professeur de gymnastique avait un peu de retard, alors en attendant, nous avons discuté. Virginie m'a demandé d'où je venais, comment était la vie à Johannesburg, etc. Puis le prof est arrivé et tandis que nous nous changions dans les vestiaires, Virginie s'est écriée en me regardant : « T'es vachement bien foutue ! » Ici les jeunes, même de bonne famille, ne surveillent pas leur langage, ils parlent librement. Voyant que je rougissais à cause du compliment et que je ne répondais pas, elle a renchéri : « Je t'assure, t'es balancée comme un top model. Pourquoi tu poserais pas pour un photographe ? Si tu veux, je connais quelqu'un qui étudie la photo, vous pourriez travailler ensemble ? »

Depuis qu'elle a lancé cette idée, je n'arrête pas d'y penser. La nuit, quelquefois, quand je suis sûre que mes parents dorment, je me mets toute nue devant un miroir. Virginie a raison, j'ai un beau corps, je parais bien plus âgée que je ne le suis, mon tour de poitrine a changé depuis cet été : je fais presque du 90 maintenant !... Lorsque je me regarde dans le miroir, la nuit, de drôles d'idées me viennent à l'esprit. Je me dis... je me dis... À quoi ça sert d'avoir un beau corps si je ne le montre pas ? Ce n'est pas à moi de passer mes mains sur mes seins pour en sentir la rondeur et la fermeté. Ce n'est pas à moi de passer les doigts sur ma peau et de la trouver aussi douce que de la soie... Et j'imagine que ce sont les mains d'un garçon qui me caressent, qui explorent chaque parcelle de mon corps. Quand ces pensées me viennent, je me sens bizarre : mon cœur bat à coups redoublés, ma bouche se dessèche, je me mets à frissonner et c'est comme si je tombais dans un trou : je rêve, je rêve, et lorsqu'enfin je reprends conscience, je réalise que j'ai passé près d'une heure seule, face à mon miroir...

Tu vas croire que je suis devenue folle !

Mais tu te rends compte, Micky, si j'arrivais à faire une carrière de mannequin ? Ce serait formidable ! Seulement le problème, c'est que jamais mon père ne sera d'accord. Il veut absolument que j'étudie le droit, plus tard...

Virginie m'a proposé de passer chez elle samedi après-midi. Elle m'a promis de me montrer comment on se maquille. Elle m'a aussi fait remarquer que... Oh ! C'est un peu délicat à dire. À Johannesburg, toutes les deux, nous ne parlions pas du tout de ces choses-là, nous n'en avions pas l'occasion. Bon, je me lance : il y a un garçon qui me « drague » – encore les termes des jeunes d'ici. Il s'appelle Francis. Moi je n'avais rien remarqué du tout. C'est Virginie qui m'a ouvert les yeux : tous les midis, au self, Francis vient s'asseoir à côté de moi. Un coup de fourchette, un regard ! Une gorgée d'eau, un sourire ! L'autre soir, il m'a prêté un livre et m'a proposé de faire un bout de chemin avec lui avant de rentrer à la maison. Mais maman était là, qui m'attendait en voiture. Il va falloir que je trouve un moyen pour la convaincre de me laisser prendre le car du ramassage scolaire.

Oh ! Ma chère Micky, j'aurais tant de choses encore à te dire ! Je suis excitée comme une puce. Que de changements en si peu de temps ! J'en ai la peau qui se hérisse, j'en ai des fourmis dans tout le corps ! La vie, ici, va à cent à l'heure.

Réponds-moi vite !

## LETTRE N° 12

Delphine à Micky

Pourquoi ce silence ? Tous les matins, je cours vers la boîte aux lettres dans l'espoir d'y trouver une lettre de toi et rien, pas un mot. Le courrier à destination de l'Afrique du Sud marche-t-il si mal ? Ou bien me fais-tu la tête, parce que j'ai trouvé une nouvelle amie ? Oh ! Je t'en prie, Micky, même si je m'entends très bien avec Virginie, je t'assure que j'ai besoin de me confier à toi et de te lire en retour. Nous avons été élevées ensemble toutes les deux, nous sommes pratiquement des sœurs, l'aurais-tu oublié ?

En tout cas, je ne peux pas attendre davantage. Je te raconte mes dernières aventures.

Comme je te l'avais dit dans ma première lettre, samedi dernier, j'ai passé l'après-midi chez Virginie. C'était cool ! (Les Français emploient pas mal de mots anglais.) Ses parents étaient partis en promenade avec son petit frère, si bien que nous étions seules. Si seulement mes parents pouvaient en faire autant ! Quel dommage que papa soit à la retraite ! Il compte proposer ses services à la police en tant que formateur, ce qui lui ferait une activité à mi-temps. Vu son expérience de la criminalité à Johannesburg – bien plus importante qu'ici – il pense avoir des chances de recevoir une réponse favorable. Mais pour l'instant, il passe ses journées à la maison !... Patience ! Patience ! Comme elle me l'avait promis, Virginie m'a entraînée dans la salle de bains. Là, elle a sorti sa palette de maquillage et m'a enseigné quelques techniques. Ma chère Micky, tu ne peux pas savoir ! C'est exactement la même chose que pour les vêtements : le maquillage transforme le visage ! Alors, à ton tour, profite de la « recette » que je te communique : appliquer une pointe de Rimmel sur les cils. Surtout veiller à ne pas le passer en couche épaisse et si c'est le cas, bien séparer les cils avec une petite brosse conçue à cet effet. Étaler un soupçon d'ombre à paupières sur la paupière supérieure afin de donner de la vivacité au regard. Choisir une teinte rose-orangé pour agrandir la paupière. Appliquer la même couleur sur les joues, en touches très légères, afin d'éclairer le teint. Enfin sur les lèvres, un brillant incolore donne à la bouche un aspect gourmand, sans vulgarité.

« C'est pas un appel à l'amour, cette bobine ! s'est exclamée Virginie en me donnant un miroir. J'en connais un qui va craquer ! »

Je suis devenue si rouge que le fard à joues devenait vraiment superflu ! Mais Virginie a raison, je peux le dire sans me vanter, je suis super jolie avec un peu de maquillage – ici, on met « super » ou « hyper » devant presque tous les adjectifs – et j'ai bien envie de plaire à Francis.

Chaque jour, je suis les conseils de Virginie et je me maquille comme elle me l'a indiqué. Mais le problème, c'est que je ne peux pas le faire à la maison avant de partir – papa est là ! Jamais il ne tolérerait cette coquetterie. Alors je suis obligée de me maquiller dans les toilettes du collège, juste avant d'entrer en cours, si bien que j'arrive très souvent en retard. Mais ça va, ici, les parents ne sont pas systématiquement prévenus pour les petits retards, la surveillance est beaucoup moins sévère. Seulement, je dois aussi jongler pour ne pas croiser Francis avant d'être prête. Maintenant que je sais à quel point je peux être jolie, je ne veux pas qu'il me voie moche... Bref.

Suite de l'après-midi chez Virginie. Au moment où elle s'apprêtait à ranger son mascara dans sa trousse de maquillage, j'ai remarqué une petite plaquette de médicaments. « Tu es malade ? » lui ai-je demandé. Alors, là, gigantesque éclat de rire de sa part ! J'ai bien cru qu'elle allait s'étouffer, tellement elle rigolait.

« Quoi ? m'a-t-elle répondu une fois calmée. Tu ne sais pas ce que c'est ? a-t-elle ajouté en me fichant la plaquette de médicaments sous le nez. Mais c'est la pilule ! Si tu ne veux pas te retrouver avec un bébé sur les bras, il faut que tu la prennes ! »

Oh ! Mon Dieu, je le réalise après coup, ce que j'ai dû lui paraître bête ! Elle a dû vraiment me prendre pour une c... (j'arrive à dire des gros mots, comme les jeunes Français, mais je n'arrive pas à les écrire, pour l'instant en tout cas.) J'en suis encore toute honteuse ! Mais elle est d'une telle patience, cette Virginie ! Elle m'a entraînée dans sa chambre et m'a invitée à m'assoir sur son lit. Elle a une très jolie chambre, décorée avec goût. Au-dessus de son lit il y a un adorable mobile, j'aimerais bien que maman m'achète le même.

Virginie m'a fait un véritable cours d'anatomie. Il faut prendre « la pilule » pour ne pas être enceinte quand on a... quand on a envie de... avec un... Oh ! Je n'arrive décidément pas à parler aussi librement qu'elle. Enfin, bref, tu comprends ce que je veux dire : quand on fait « Tac-Tac » avec un garçon.

Écoute, je ne suis pas en mesure de te raconter ça tout de suite. J'attends d'avoir ta réponse. Pour l'instant, Virginie et moi avons mis au point un plan : elle viendra mercredi prochain chez moi afin de rencontrer mes parents. Je suis sûre qu'elle se les mettra dans la poche. Ensuite, toujours sur son initiative, elle pourra me « couvrir » : si j'ai envie un jour de sortir avec Francis, je n'aurai qu'à dire que je vais chez elle. N'est-ce pas génial ?

Oh ! Ma chère Micky, mon amie, ma sœur, réponds-moi ! Ne me laisse pas sans nouvelles !

## LETTRE N° 13

Micky à Delphine

*Dear Delph !*

Me too, j'ai eu beaucoup de les aventures ! Et ce n'était pas marrante.

Dans ton lettre, il y avait many many mots que je ne comprendais pas. Par exemple : « seins », « fesses », « foutue », « drague ». J'ai cherché dans la dictionnaire mais je n'ai pas tout trouvé, et comme ta texte était assez difficult à comprendre, j'ai demandé à sœur Marie-Madeleine, qui nous enseigne la français cette année, de me la traduire.

*My God !* Quelle mauvaise idea j'ai eu là ! Au début, sœur Marie-Madeleine a été très content, elle a dit : « C'est une très bonne exercice de français pour toute la classe et nous allons avoir des nouvelles de notre gentille Delphine que nous regrettons toutes ». Elle a commencé à lire à voix forte les premières lignes de ton lettre. Après, elle a lu à voix petite et à mesure du fur, elle est devenue rouge, rouge, si rouge que j'ai cru qu'elle allait explosed ! Ensuite, elle a mis son main à sa cœur et elle est tombée évanouie. On l'a conduit à l'infirmerie pour le soigner. Mais ton lettre est arrivée entre les mains de la mère supérieure qui m'a convoquée dans sa bureau.

J'ai passé une sale moment. Elle m'a dispioutée très fort et m'a interdit de recevoir d'autres courriers de toi à la collège. Ton lettre, elle l'a brûlée dans le cheminée, devant moi. Elle m'a dit que le climat de la France était diabolique et que ce n'était pas bon pour toi. Elle m'a aussi punie : j'ai été consignée tout le samedi et une partie de la dimanche. Je n'ai pas pu rentrer à la maison. J'ai dû copier cent *Pater* sur une cahier. Quelle horreur ! Et encore, je l'a échappé belle ! J'ai bien cru qu'elle allait me battre !

Donc, Delph, please, envoie tes lettres à la maison seulement et sois patient ! Il me faut de la temps pour te répondre. Je pourrai écrire des lettres que pendant la week-end, at home.

Tu as vraiment de la chance d'être partie ! Moi, je n'en peux plus d'être enfermée dans cette collège. Et puis, tu me manques. Le soir, maintenant, je n'ai plus personne pour bavarder. C'est Julia ma nouvelle compagnon de chambre. Tu t'en souviens, c'est un peste, cette fille ! Une spy qui dénonce tout le monde. Il faut que je fais très attention.

Mais j'ai une plan : le week-end, quand je serai à la maison, je vais dire à maman que je veux suivre des cours particulières de français. Il y a beaucoup d'étudiantes françaises ici qui proposent leurs services. Comme ça, elle me lira tes lettres et elle pourra traduire les miennes. Je pense pas savoir écrire si bien directly en français, tu comprends !

*Lots, lots of kisses, my dear !*

P. S. J'ai eu la temps, avant que la mère supérieure brûle ton lettre, de le relire et de comprendre mieux certains parties. Tes professeurs sont des men ? Ça doit être terribly gênant, non ?

Je pourrai faire des essais de nouveaux vêtements que le week-end prochain. Mais pendant que Julia dormait la nuit dernière – elle ronfle, c'est horrible ! – j'ai regardé mon poitrine tout nu et je l'a mesurée. Je suis pas du tout à 90 comme toi, à peine 75 ! J'ai des petites seins ridicules, on dirait des œufs sur la plat. Comment faire pour grossir de la poitrine ? Si je mange beaucoup, c'est dans la cul que passe la nourriture, et les seins, eux, ils restent toujours aussi fluettes. Et puis, je trouve que toutes les poils sur la petite minou, c'est très laide.

Dis-moi, Delph, le Francis qui te fait la cour – c'est bien ça « drague », no ? – tu ne me l'a pas décrite. Comment il est ? Est-ce qu'il est aussi joli que le jardinier qui venait l'année dernière à Sainte-Marie ? Tu te souviens comme il était mignonne ?

Malheureusement, cette année les sœurs l'ont remplacé par une vieillard !... Tu vois un peu comme je suis triste et alone ?

Raconte-moi every thing !

## LETTRE N° 14

Micky à Delphine

*Dear Delph !*

C'est le catastrophe ! Tu n'as pas dû recevoir mon réponse à temps et ton second lettre est encore arrivée à Sainte-Marie !

La sœur qui distribue la courrier n'avait pas fait attention au nom de l'expéditeur, mais c'est ce peste de Julia qui m'a dénoncée à la mère supérieure. J'ai eu très peur d'avoir droit cette fois à la punition des coups ! Mais la mère supérieure a décidé de me renvoyer chez moi pendant un semaine !

C'était génial finalement ! J'ai pu me reposer. Mais une autre fois, ça ne passera pas, ce sera la renvoi définitif et ma family serait pas contente.

Pour qu'on peut s'écrire sans danger maintenant, je te propose le mail. (C'est much more pratique, rapide et safe ! Tu écris, tu envoies et puis hop ! Tu appuies sur le touche qui efface. Ton père sera surely d'accord pour t'acheter une computer. Dis-lui que c'est pour le work ! Moi, c'est ce que j'ai dit et ça a marché.)

En toute cas, je me suis débrouillée pour garder ton lettre cette fois. Le temps que la chipie Julia va voir la mère supérieure et hop ! je l'ai glissée dans mon culotte. Comme ça, j'ai pu le lire tranquillement at home. Difficult ! Ça m'a pris presque trois heures, mais je crois que j'ai compris le principal !

Oh ! *My dear !* Dear Delph ! Tu vas vraiment, vraiment avaler le piloule et faire « Toc-Toc » avec Francis ? Quelle chance ! Quelle chance !

P. S. Maman est d'accord pour les cours particulières. Mais pour le moment, il n'y a que des garçons qui sont candidates. Elle hésite encore. J'espère arriver à la convaincre : un boy, ça changerait des bonnes sœurs ! J'ai essayé de me maquiller comme dans ta leçon. Horrible ! Tout a dégouliné, et j'avais une tête de clown !

Mon adresse : MIC@aol.com

## MAIL N° 15

Delphine à Micky

Ma pauvre Micky !

Je suis désolée de t'avoir attiré autant d'ennuis ! Ce n'est pas tant que « le malheur des uns fait le bonheur des autres », comme dit un proverbe français, mais en lisant tes lettres, je réalise la chance que j'ai d'avoir quitté Sainte-Marie. Je hais cet endroit ! Quelle taule d'enfer ! Elle est digne du Moyen Âge ! Je crois que j'aurais fini par y crever d'ennui. Et je te plains de tout cœur !

Enfin maintenant, avec Internet, le secret est garanti. Tu sais, grâce à ma nouvelle vie, grâce à Virginie, je me sens totalement libre de parler à présent. À toi tout d'abord. Figure-toi que si je n'osais rien dire l'année dernière, je n'en avais pas moins les yeux ouverts. Et j'ai vu des choses, oui, j'en ai vu, qui pourraient bien te servir.

Alors, lis très attentivement ce qui va suivre ! Si cette salope de Julia t'emmerde encore – il faut t'y faire, ma petite Micky, maintenant, moi je parle comme les jeunes Français – tu peux la menacer. Tu peux lui affirmer que tu sais très bien ce qu'elle fait la nuit, dans son lit, quand elle ne ronfle pas et qu'elle croit que les autres dorment. Je l'ai surprise une fois l'année dernière sans qu'elle s'en aperçoive.

Tu as deviné ?... Pas besoin de te faire un dessin ? Bon !

Alors si jamais la mère supérieure l'apprend, d'une, la vieille fera une crise cardiaque et Sainte-Marie sera fermé le temps de trouver une autre directrice, ainsi toi, tu pourras rentrer à la maison. De deux, si la mère supérieure tient le coup et ne claque pas, tu peux être sûre que Julia sera éjectée, vitesse grand V !

C'est pas une bonne nouvelle, ça ?

Bien, où est-ce que j'en étais restée dans ma dernière lettre ? (Au fait, très bonne idée, le coup de camoufler mon courrier dans ta petite culotte ! Vu le contenu, en plus...)

Ah ! Oui ! Virginie me parlant de la pilule sur son lit tandis que j'admirais son joli mobile ! C'est une fine psychologue, cette Virginie. Sentant bien que j'étais mal à l'aise, elle a voulu me détendre et m'a offert une cigarette. Elle, elle ne fume pas régulièrement. C'est une scientifique, elle veut être médecin plus tard : elle connaît donc les méfaits du tabac, cancer et autres maladies atroces. Mais elle m'a assuré qu'à petite dose, le tabac était inoffensif. Et le pire, c'est qu'elle n'a pas besoin de se cacher. Ses parents lui ont dit : « Si nous t'interdisons de fumer, tu vas t'évertuer à nous désobéir, alors que si nous te laissons libre, tu prends tes responsabilités et tu choisis. » Résultat : elle ne fume qu'une cigarette tous les six mois à peu près, quand elle a le cafard. (C'est super des parents qui dialoguent comme ça avec leur enfant, tu ne trouves pas ?) En tout cas pour moi, non merci, ça a été la première et la dernière cigarette. Atroce ! J'ai bien cru que j'allais étouffer quand j'ai essayé, ça m'a arraché la poitrine, je ne vois vraiment pas où est le plaisir !

Oh ! là ! là ! Quelle pipelette je fais, à chaque fois, je m'éloigne du sujet.

Oui, donc, la pilule. Eh bien c'est tout simple. Je vais essayer d'employer les mêmes termes que Virginie, des termes savants – elle est vraiment faite pour être médecin, cette fille ! À partir du moment où une jeune fille a ses règles, elle devient féconde, c'est-à-dire que lors des rapports sexuels avec un garçon, elle peut être enceinte. La pilule évite de tomber enceinte (pourquoi les Français disent-ils « tomber » ? J'y pense maintenant, c'est curieux comme expression, tu ne trouves pas ?) La pilule, donc, modifie les hormones de la femme. C'est un apport d'œstro... de progesta... Zut ! Je ne me souviens plus des termes savants. Bref, ce qu'il faut savoir, c'est que la pilule bloque l'ovulation (ce mot-là, je m'en souviens), l'ovaire n'est plus en mesure d'être fécondé par un spermatozoïde, l'utérus n'est plus apte à recevoir un fœtus et les règles ne sont plus, en quelque sorte, que de fausses règles ! D'ailleurs, entre parenthèses, il paraît qu'elles sont bien moins douloureuses ainsi. Tu te souviens l'année dernière comme je dégustais ? On commence le traitement le premier jour des règles, on continue pendant trois semaines, on arrête une semaine et ainsi de suite. C'est très pratique, les jours de la semaine sont inscrits sous chaque gélule. Bien sûr, il ne faut pas être tête en l'air et l'oublier un soir.

Seulement, big problème : la pilule ne peut s'acheter que sur ordonnance. Or, pour avoir une ordonnance, il faut aller consulter un médecin. Hors de question pour l'instant ! Même si maman a les idées plus larges que papa, je sais bien que jamais elle n'y consentira. Virginie, encore une fois, a trouvé la solution : elle va faire semblant d'avoir égaré sa plaquette – qu'elle me donnera – son médecin lui fournira une nouvelle ordonnance et ainsi, moi, je serai parée !

Sauf que, dixit encore Virginie, il y a aussi l'usage impératif du préservatif. « Condom », tu sais ce que c'est ?... Euh... Écoute, réservons cette partie-là pour une autre lettre, quand tu auras trouvé un traducteur digne de confiance. En tout cas, les préservatifs, je l'ai bien compris, pas besoin d'ordonnance pour les acheter en pharmacie ou ailleurs. Il paraît qu'on trouve même des distributeurs dans certains endroits publics. Quel beau pays, la France !

Sinon, que dire d'autre ? Ah oui ! Virginie est venue déjeuner mercredi dernier chez moi. Quelle merveilleuse comédienne ! Elle avait veillé à se mettre en jupe, pour ne pas choquer papa, à porter un chemisier et non pas un tee-shirt – « J'ai l'impression d'être une vioque ! » m'a-t-elle chuchoté en entrant ! – et bien sûr, elle n'était pas maquillée. Elle s'est montrée d'une politesse ! « Merci bien, madame ! », « Ce rôti est succulent ! », « Vous avez vraiment une maison ravissante ! », etc... De temps en temps, au fil de la conversation, un mot un peu familier lui échappait. Mais heureusement, papa ne connaît pas encore assez bien le français et il n'y a pas vraiment fait attention. Par contre, il a été surpris d'apprendre que Virginie voulait être médecin plus tard, il trouve que ce n'est pas un métier pour une femme. Mais Virginie lui a assuré que c'était la voie royale pour les meilleurs élèves. Bref, tout s'est bien passé. Le principal pour mes parents, c'est de savoir que je fréquente une très bonne élève. Et c'est bien le cas : Virginie a d'excellentes notes dans toutes les matières.

Ainsi, à présent, le projet est lancé. Je suis censée passer la soirée chez Virginie samedi en huit pour dîner et réviser... Mais en fait, j'irai au cinéma avec Francis ! Te rends-tu compte, ma petite Micky ?

P. S. Tu me demandes si avoir des professeurs hommes est gênant ? Pas du tout ! Et puis, je n'y fais pas attention, puisque je n'ai que

Francis en tête. Dans l'ensemble, ils sont tous assez vieux. À part le prof de français, monsieur Delcroix. Mais celui-là, il me cherche, je ne sais pas pourquoi le courant ne passe pas entre nous, il est toujours en train de me faire des réflexions. L'autre matin, il m'a surprise, sortant des toilettes, en train de ranger ma trousse de maquillage. « Mademoiselle, m'a-t-il dit, comptez-vous entrer en scène ou simplement rejoindre une salle de classe ?... Je vous prierai de faire disparaître vos pacotilles et de vous presser ! » Finalement, tu vois, « l'habit ne fait pas le moine », comme on dit ici. Delcroix a beau porter un jean et un tee-shirt, sa réflexion, elle est digne d'une bonne sœur ! En fait, il cache bien son jeu, je suis sûre que c'est une peau de vache. Mais je ne peux pas trop le critiquer, parce que Virginie en pince pour lui, bien qu'elle ne veuille pas l'avouer. C'est marrant, tu vois, on observe beaucoup mieux les sentiments chez les autres. C'est elle qui m'a fait réaliser que Francis en pinçait pour moi. Et moi, réciproquement, je lui affirme qu'elle en pince pour Delcroix. Il y a des signes qui ne trompent pas : elle arrive toujours en avance lorsque nous avons cours de français, elle rougit quand Delcroix lui adresse la parole, sa voix se module, etc., etc.

## MAIL N° 16

Micky à Delphine

*Dear Delph !*

Je l'a trouvé, mon petite étudiant ! Il a dix-huit ans et il est d'origine français. Sa papa est diplomate et il est installé ici avec sa family depuis une an. Il est toute mignonne. Grande, blonde, habillé décontracté, avec des jeans et des baskets. Je crois que je commence moi aussi à être pincée pour lui. Il vient tous les samedis après-midi. On révise ce que sœur Marie-Madeleine nous a appris pendant le semaine et ensuite, je lui montre ton lettre. Au début, il a été un peu rougissant en le lisant et en traduisant. Surtout quand on est arrivé au passage du piloule et des condoms. Parce que toi, dans ton lettre, tu n'expliquais rien du tout sur le condom. Alors moi, j'ai interrompu Rodolphe – *his name, nice, isnt'it ?* – et je me suis écriée : « Mais qu'est ce que c'est, le condom, à quoi ça sert ? »

Le pauvre, il a été very confused pour me l'expliquer. Il m'a dit d'abord en bégayant et en faisant des grandes gestes : « C'est un truc, une sorte de... de petit sac en caoutchouc qu'on enfile sur... » « Sur what ? » j'ai demandé. « Eh bien, sur le sexe du garçon pour faire l'amour ! » il a répondu. Comme ça, on est protégé du SIDA ! » Là, j'ai tout de suite compris. Le AIDS, ici, on en parle beaucoup, il y a tellement de mortes à cause de ça, surtout chez les Noirs, parce qu'ils sont pauvres et ignorantes. L'année dernière, tu te rappelles, la fille de notre bonne, Katriena, eh bien, elle était morte de ça. J'avais eu beaucoup de la peine. Rodolphe, il m'a dit qu'en France, le AIDS faisait aussi beaucoup de les mortes, même si ce n'est pas autant qu'ici.

Je comprends pas pourquoi les sœurs de Sainte-Marie, elles nous apprennent pas tout ça. Enfin si, je comprends, évidemment, elles sont mariées avec God et God n'a pas le AIDS. Mais quoi, elles savent bien que plus tard, nous, on sera pas des bonnes sœurs, alors, elles veulent qu'on meure ou quoi ?

Enfin, bref ! Je trouve toute ça bien triste.

Pour te répondre, je préfère le faire moi-même. Parce que tu comprends, j'ai bien envie de te parler avec liberty de Rodolphe. Je lui demande juste les mots que j'ai besoin et que je trouve pas dans la dictionnaire.

Maintenant, je suis moi aussi excitée comme un puce ! Le lundi matin, c'est encore plus atroce de retourner à Sainte-Marie. Je compte les jours jusqu'à la samedi, c'est longue,

longue ! Et après, ça passe si quickly ! Deux petits heures seulement.

Je me suis entraînée pour la maquillage, j'y arrive un peu mieux, je ressemble moins à une clown, je le fais avant que Rodolphe arrive at home. J'ai aussi trouvé un astuce pour mes petites seins ridicules : je mets tout plein de coton dans la soutien-gorge et comme ça, ils paraissent plus grosses.

P. S. Merci pour la conseil. J'ai joué à la spy, moi aussi. C'est vrai ce que tu as dite. Cette grosse vache de Julia, la nuit, elle... *Disgusting !* Dès qu'elle me merde, je la dénonce. Et bye, bye !

## MAIL N° 17

Delphine à Micky

Eh bien, eh bien ! Tu fais des progrès en français, ma chère Micky ! Et j'ai bien l'impression que tu vas en faire aussi dans d'autres matières – plus vivantes ! Quand je te disais que nous sommes pareilles à des sœurs toutes les deux ?

Bien, maintenant, accroche-toi et demande à ton Rodolphe d'en faire autant quand il te traduira ce mail. Parce que ce qui suit n'est ni plus ni moins que le récit de ma première soirée avec Francis.

Le plan conçu par Virginie a bien marché. Sauf à la fin, bonjour l'angoisse, tu verras ! Je dois avouer que j'étais quand même très stressée à l'idée de mentir ainsi à papa et maman. C'est bien la première fois. L'année dernière, mes mensonges n'avaient rien de comparable. Bah ! Je crois que c'est une habitude à prendre, un entraînement !

Donc, samedi dernier, départ vers dix-neuf heures. Virginie vient me chercher. « Je vous félicite, mademoiselle, lui dit mon père, je suis rassuré de savoir que les collégiens français prennent leur travail au sérieux ». Tu parles !!!! Cette remarque m'a un peu fichu les boulons...

Arrivée chez elle un quart d'heure plus tard (nous sommes pratiquement voisines). Nous filons dans sa chambre. Elle me prête une tenue adéquate : jean stretch délavé à paillettes, tee-shirt blanc (ça souligne la poitrine), blouson de cuir très court. Je passe sur les multiples essayages, nous avons mis en pagaille toute son armoire. J'étais tellement énervée que je n'arrivais pas à choisir, Virginie l'a fait pour moi. Ensuite, maquillage. Un peu plus soutenu que d'habitude. Sur les lèvres, du rouge rouge ! C'est super sexy. Mais c'est pas très agréable au contact, ça poisse et il faut faire attention quand on mange, parce que ça bave...

Vers vingt heures, comme convenu, les parents de Virginie frappent discrètement à la porte de sa chambre : « Nous filons les filles, soyez sages ! Ne regardez pas trop la télé ! » Un quart d'heure plus tard, qui sonne ? Francis. « Salut ! Salut ! Ça va ? » Bisous sur les joues. J'ai déjà le cœur dans le ventre. Nous nous dirigeons vers la voiture de son grand frère qui doit nous déposer devant le cinéma.

C'est curieux, Simon ne ressemble pas beaucoup à Francis. À part un vague quelque chose au niveau des yeux, un regard perçant. Je n'ai pas bien compris ce qu'il faisait dans la vie. Ce que j'ai remarqué, c'est sa tenue : il est vêtu comme un militaire, treillis, crâne rasé et grosses bottes. Il trimballe des tas de choses à l'arrière de sa voiture, j'ai entraperçu des affiches et du matériel pour les coller. Il nous a quittés en disant que le meeting auquel il se rendait durait jusqu'à vingt-deux heures trente et qu'il passerait nous prendre ensuite pour me ramener chez Virginie.

Il est très sympathique. Très liant, comme on dit. Il plaisante beaucoup et parle de manière plutôt crue. D'ailleurs, Francis en est un peu gêné, mais ils s'entendent bien tous les deux. Il m'a posé beaucoup de questions sur la vie en

Afrique du Sud. D'après lui, l'abolition de l'apartheid n'est pas une bonne chose. Je ne sais pas s'il a raison, puisque maman pense l'inverse. Quelle poisse, la politique ! Ce que c'est rasoir ! Il a aussi dit que le problème, en France, c'était pas tant les Noirs que les Arabes. Simon pense qu'il y en a trop, qu'il faudrait tous les renvoyer chez eux. Encore une fois, je n'y comprends rien : je sais que lorsque maman entend dire des choses pareilles – à la télévision par exemple – elle s'énerve, elle s'écrie que la France est en danger et risque de revenir à une période très sombre de son histoire. Papa, lui, dit au contraire que c'est très bien. Alors, où est la vérité là-dedans ? Finalement, la seule chose que je comprends, c'est que Simon a les mêmes idées que papa. Enfin bref, tout ça, ce n'était pas mon problème, ce soir-là. Pour dire la vérité, je n'écoutais Simon que d'une oreille. Je me disais sans arrêt : tu te rends compte, dans quelques minutes tu seras seule avec Francis, et pour plusieurs heures. Le pied ! (Note ça dans ton carnet de vocabulaire, c'est une expression très courante.)

Nous sommes arrivés juste à temps pour la séance. Achat de pop-corn, de Coca, et nous pénétrons dans cette grande salle obscure. Premier frisson, Micky. La pénombre, c'est comme un grand voile protecteur, comme de la ouate, comme un cocon : malgré le monde qu'il y avait dans la salle, j'avais l'impression que Francis et moi nous étions seuls. Ne me demande surtout pas de te raconter le film, je ne me souviens même pas du titre. Je sais seulement que le rôle principal était tenu par Kim Bassinger, qu'elle était très belle et que j'aurais voulu lui ressembler pour plaire davantage encore à Francis. Les sachets de pop-corn que nous avons achetés sont restés intacts, ni Francis ni moi n'avons pu en manger. J'avais une envie folle de prendre la main de Francis, de la serrer dans la mienne. Je ne pensais qu'à ça. Au bout d'un moment, il s'est enfin décidé à effleurer mes doigts. J'ai eu l'impression de recevoir une décharge électrique dans la main – sauf que ça ne faisait pas mal, au contraire – et j'ai lâché pop-corn et Coca. Tout est tombé par terre. Francis a rigolé et a tout fichu en l'air lui aussi. Puis cette fois, il m'a saisi franchement la main.

Micky ! C'est complètement fou, j'avais la sensation que tout mon corps était concentré dans ma main. Que ma main était une espèce d'appareil étrange qui envoyait des ondes de plaisir dans mes veines, mon sang, sur l'ensemble de ma peau. J'ai eu les mêmes sensations que lorsque je me mettais nue devant mon miroir, la nuit. Sauf qu'elles étaient multipliées par cent. Ma bouche était si sèche que j'avais l'impression d'avoir épuisé toutes mes réserves de salive. Je n'avais plus un cœur mais deux : un dans la poitrine, qui cognait, cognait, et un autre à l'intérieur de mon ventre. Mon ventre qui se contractait à une cadence régulière. Comment te dire ? C'était comme s'il y avait, au plus profond de moi, une porte, un passage secret qui s'ouvrait, se refermait, qui s'ouvrait, se refermait... Ensuite, je me suis blottie contre Francis. J'ai posé ma tête au creux de son épaule. Je sentais son parfum, l'odeur de sa peau, et ma tête s'est mise à tourner... À un moment, j'ai eu peur de sentir la transpiration (Virginie avait oublié de me parfumer). Mais j'ai très vite oublié ça. Pendant presque toute la durée du film, j'ai gardé les yeux fermés, je ne les ouvrais que de temps en temps, pas pour les poser sur l'écran, mais, par exemple, sur mon genou, lorsque j'y ai senti la main de Francis. Mes yeux étaient humides, comme si j'avais envie de pleurer, alors que j'étais folle de joie. Sans réfléchir, j'ai saisi la main de Francis et je l'ai fait remonter le long de ma cuisse, pour la guider vers le passage secret qui palpitait, qui s'ouvrait, qui se refermait... qui a fini par rester ouvert. À ce moment-là, ma cuisse s'est à son tour transformée en appareil électrique. J'ai senti des picotements partout, des frissons, des sueurs tour à tour chaudes et glacées. À l'intérieur de mon ventre, ça bougeait, ça gargouillait, ça se pinçait, ça se nouait, c'était une véritable tempête.

Je ne pensais à rien. Absolument rien. Ma tête était vide. J'aurais voulu que le temps s'arrête. J'aurais voulu que la terre tremble, que tout le monde disparaisse, tout le monde sauf Francis et moi.

Et puis brusquement, les lumières se sont allumées. Brouhaha dans la salle, les gens se sont levés et dirigés vers la sortie. Nous avons été obligés de les imiter. Dehors, Simon n'était pas encore arrivé. En l'attendant, nous avons essayé de parler, d'échanger deux ou trois mots : « Comment t'as trouvé le film ? », « super, hein ? » Mais nous n'avions en fait pas du tout envie de parler.

Les abords du cinéma se sont peu à peu vidés et de nouveau, nous étions seuls. Et là, ça a été...

LE BAISER.

Sur la bouche.

Pendant longtemps.

Si je veux être franche, je dirais qu'au début, je n'ai pas trouvé ça très agréable, parce que j'avais du mal à respirer. J'avais aussi du mal à contrôler ma salive (oui, c'est curieux, après avoir eu la bouche complètement sèche, c'était tout à coup les grandes eaux) ! J'avais le visage en feu et à l'intérieur de mon ventre la tempête s'est déchaînée de plus belle. J'avais l'impression d'avoir un ascenseur dans le ventre, un truc qui montait, qui descendait, au même rythme que les mouvements de la langue de Francis dans ma bouche.

Lorsque ça a été fini, pour reprendre notre souffle, on a fait les cent pas sur le trottoir en attendant Simon.

C'est à partir de ce moment-là que tout a commencé à se gâter. Onze heures moins cinq à ma montre. Pas de Simon. Or, je devais être à onze heures dernier délai chez Virginie pour que son père me raccompagne à la maison. Mon cœur s'est peu à peu transformé en horloge : moins quatre, moins trois, moins deux. Onze heures. Toujours personne. Là, j'ai imaginé des tas de scénarios horribles. Mon père qui prenait la voiture et sillonnait la ville. Mon père qui nous trouvait Francis et moi, devant le cinéma. Les parents de Virginie qui découvraient le pot-aux-roses ! C'était la cata totale ! Je me suis mise à pleurer. Francis avait beau me rassurer, ça ne servait à rien. Enfin, à onze heures et demie seulement, Simon est arrivé.

« Salut les amoureux ! Ouh, on dirait que ça va pas fort ! » a-t-il dit avec un petit sourire en coin. Francis l'a engueulé. « Qu'est-ce t'as foutu, bon sang ? » « On a eu un petit problème à la fin du meeting, a-t-il répondu, un emmerdeur qui s'est pointé, on lui a fait sa fête ! » Ensuite, il m'a tendu un mouchoir. Gentil. Je me suis essuyé les yeux, mais Simon m'a fait un signe que j'ai pas compris. « Ta bouche, ma jolie ! », a-t-il précisé. Quelle horreur, il voulait parler du rouge à lèvres qui avait bavé pendant le baiser ! Je me suis frotté la bouche à m'écorcher les lèvres. « T'inquiète pas, ma jolie, on sera à l'heure ! » a encore dit Simon. Et il a appuyé à fond sur l'accélérateur.

Le pompon ! Je me suis mise à trembler de peur : si on avait un accident de voiture ? Tu vois, à ce moment-là, j'ai eu une trouille si terrible que je me suis juré de ne plus mentir à mes parents, plus jamais ! Je me débrouillerai comme je pourrais, j'essaierai de leur parler franchement. J'ai pas envie d'être cardiaque à quinze ans !

Virginie nous attendait devant la porte. Dans la panique, j'ai quitté Francis sans un mot. Vite, vite, j'ai foncé à l'intérieur. À la minute même, le père de Virginie téléphone : « Je suis coincé dans un embouteillage ma chérie, mais ne te fais pas de soucis, j'ai passé un coup de fil au papa de Delphine pour le prévenir de notre retard ».

Ouf ! Mille fois ouf ! Pratique, les portables, tout de même !

J'ai eu ainsi le temps de me changer, de me démaquiller avec soin, parce que le débarbouillage au mouchoir en papier, ça laissait à désirer. Et ensuite, je suis restée assise sous le mobile de Virginie. J'ai regardé les Babar qui tournaient et ça m'a apaisée. Très compréhensive, Virginie m'a dit : « Je te pose pas de questions, d'accord ? C'est pas bien de parler à chaud. Quand t'en auras envie, lundi au collège par exemple, tu me raconteras ».

Vraiment géniale, cette fille.

Voilà, le retour s'est finalement bien passé. Mais, mais... j'ai filé rapidement dans ma chambre en évitant de croiser le regard de papa. Il avait une drôle de tête. S'est-il douté de quelque chose ?

Et puis je n'ai pas fermé l'œil de la nuit. Je me suis repassé mille fois le film de la soirée (pas celui de l'écran, l'autre) et à chaque fois, même topo : mon ventre se transformait en ascenseur.

Tu vois Micky, l'amour, c'est bien, mais c'est très éprouvant.

## MAIL N° 18

Micky à Delphine

*Dear Delph,*

Je crois que j'ai raté la meilleur passage dans ton lettre. Samedi dernière, Rodolphe était malade. Il n'est donc pas venu me donner ma cours. C'était une samedi vraiment trop triste ! L'année dernière, sœur Jeanne nous avait parlé d'une poète française qui disait : « Une seule être vous manque et toute l'univers est dépeupliée ». Il s'appelait Latartine, je crois. Eh bien, il a vachemente raison ! Sans Rodolphe, ma chambre que j'aime tant d'habitude ressemblait à un cellule de prison, je tournais en ronde dedans, je me sentais si sad, si alone. Alors j'ai eu la idea d'aller lui rendre visite.

Seulement, maman est venue avec moi. Bon, c'était mieux que nothing !

Pauvre Rodolphe, il était au fond de sa lit avec un gros fièvre. Il transpirait, ses cheveux étaient toutes collés sur son front, comme des little spaghettis. Pendant que nos mothers discutaient dans la pièce d'à côté, il a juste eu le temps de me traduire certains words : « cata », « boulons » et « le pied ! ». Ensuite, il était tellement fatigué qu'il s'est endormi.

Je l'a regardé dormir. Malgré le maladie qui le rendait toute blanche, il était très belle. Il avait les traits détendus, son bouche était entrouvert. J'ai passé une doigt sur ses lèvres. Après, je l'ai mis dans mon bouche à moi. J'ai trouvé que c'était une saveur de sel. C'était pas vraiment une baiser, mais presque. À cause de la fièvre, il avait très chaude et il avait repoussé le drap qui le couvrait. Son tee-shirt était toute trempé de sueur et on voyait bien le base de sa cou, ses miouscles, ses épaules et aussi, des petites poils toutes frisés sur le poitrine. J'ai passé mes doigts sous le tee-shirt, sur ses poils, sur son peau. Très doux. Comme de la velours.

Je me sentais une peu strange. Je sais pas si c'est parce que j'avais peur que les mothers retournent dans la chambre, ou que Rodolphe se réveille, mais j'avais la cœur qui battait très forte, comme s'il voulait se sortir de mon poitrine. Je respirais mal, comme après une sprint de deux cents mètres. Même mon bouche était curieux, tout sec. J'avais l'impression d'être une bédouin dans le désert qui avait pas bu depuis un semaine.

Après, j'ai eu envie de... de regarder... son chose. Tu comprends, je me suis dit que c'était l'occasion d'en voir un, je ne sais pas comment c'est faite. Je ne sais pas comment ça marche. Le drap était juste quelques centimètres au-dessus, je n'avais qu'à le baisser une peu. J'ai tendu le main. Je me disais « c'est pas bien, c'est pas bien ce que tu fais », mais je pouvais pas me le empêcher. Et j'avais moi aussi le stomac qui se transformait en ascensure.

Et shit ! Juste au moment où je retirais le drap, les mothers sont entrées. J'ai bondi comme une ressort pour me lever.

J'espère que Rodolphe va mieux le semaine prochaine, qu'il vient chez moi.

J'ai essayé de traduire ton lettre toute seule. Ce que j'ai compris, c'est que l'amour, ça donne de l'electricity. *Is it true ?*

P. S. Le prochaine fois, je demande à Rodolphe sa opinion sur l'apartheid. Moi aussi, je sais pas quoi penser. Sometimes, quand on passe rapidement en voiture dans les township, ça me rend sad de voir les Noirs si pauvres. Surtout les kids qui courent partout presque nus et toutes maigres. Depuis qu'il n'y a plus l'apartheid, les enfants noirs, ils ont quitté leur family pour venir à Johannesburg. Ils dorment dehors, sur des morceaux de carton. Ils mangent dans les poubelles, ils sniffent de la colle.

C'est atroce, toute ça, non ?

Les sœurs, elles disent qu'il faut faire le charity. Mais comment on peut le faire, puisque nous, les Blancs, on nous dit que les Noirs, ils sont bad et que les Blacks, eux, ils sont apeurés des Blancs ?

Pourquoi on fait tous ces différences ? (Et d'après ce que tu me écris, c'est une peu pareil dans la France.) Un man, c'est un man, no ? Qu'il soit white ou black, qu'il vient de l'Afrique ou de l'Europe.

Too complicated pour mon petite tête !!!

## JOURNAL D'AUDREY

### 5 septembre

Rentrée scolaire. Routine. Les mêmes têtes, à part un nouveau professeur de français. Il semble plus jeune que l'ensemble des autres profs, mais je n'en jurerais pas, car ma vue a encore baissé. Je n'y vois pratiquement plus rien. C'est comme si j'étais dans un tunnel : du noir sur les côtés, et au bout du flou, du flou, du flou... Un tunnel dont la sortie s'éloigne au lieu de se rapprocher. M'en fiche. La seule chose qui compte, c'est que j'y voie clair quand je suis avec Maggy, que je ne la conduise pas dans un fossé.

C'est dur de la quitter chaque matin. Pendant les vacances, nous étions toujours fourrées ensemble, vingt-quatre heures sur vingt-quatre.

Quand je rentre du collège, ~~maman~~, Florence part travailler. C'est parfait. Elle me laisse des mots un peu partout dans la maison, je les flanque à la poubelle sans y répondre. Je n'ai rien à lui dire. Plus rien.

« Ma-man... » Il y a longtemps que je ne prononce plus ce mot. Maintenant, je ne peux même plus l'écrire.

**6 septembre**

Depuis qu'elle gagne correctement sa vie, Florence dépense, dépense sans compter... Elle claque tout son argent pour moi. Uniquement pour moi.

Elle m'a acheté de nouveaux vêtements. J'étais censée les mettre le jour de la rentrée. Une garde-robe complète. À la mode.

Mais pas à ma taille.

Je la vois venir : elle veut me donner envie de maigrir. Elle m'a aussi acheté de nouvelles lunettes, avec une monture très fine et des verres extra-plats. Est-ce qu'elle se rend compte que bientôt, ce sont des lunettes noires et une canne blanche qu'elle devra m'acheter ?

Je ne les ai pas mises, ses foutues lunettes.

Elle m'a pris rendez-vous chez un nutritionniste. Je n'irai pas. Je continuerai à me nourrir n'importe comment.

*Bouffer, bouffer, bouffer... jusqu'à en éclater. BOUM !!! Mes entrailles qui se répandent sur les murs, ma cervelle qui s'écrase au plafond, mon sang qui gicle, qui repeint en rouge tous les murs de la maison !*

Ça la fait souffrir de me voir si moche, de savoir qu'au collège on se moque de moi, que je suis toujours seule.

*Et le reste... Est-ce qu'elle en a souffert ?*

Elle veut se faire pardonner. Impossible.

Je ne pardonnerai jamais. JAMAIS. Pendant toutes ces années, elle s'est tue. Florence, ça rime avec silence... Maintenant, à mon tour de le lui faire endurer, le silence. Je veux l'envelopper de silence, l'enfermer dans le silence, la boucler à l'intérieur du silence, comme dans un linceul, comme dans un cercueil.

Tu dois être punie, Florence, tu comprends ? « Punie ». Ce mot est ridicule. Il n'exprime pas le centième du châtiment qu'elle mérite. Et moi je suis incapable d'exprimer la rage que j'ai en moi. Par moments, j'ai l'impression d'être une gigantesque marmite d'eau en ébullition. L'eau frémit, puis elle bout, elle monte, elle déborde, elle éclabousse tout. Si seulement le couvercle de la marmite pouvait sauter. Si seulement la marmite pouvait foutre le feu !!!

**7 septembre**

Maggy boite, elle a du mal à galoper. Mais c'est peut-être juste une manière de me bouder parce que je la quitte pour aller au collège ? J'attends encore quelques jours et s'il le faut, je ferai venir le vétérinaire. Je revendrai les nouveaux vêtements pour le payer.

**8 septembre**

Maggy n'a rien, tant mieux. Juste un caillou pointu niché à l'intérieur du sabot, que j'ai pu retirer sans difficulté. Heureusement le sabot ne s'est pas fendu. Il n'empêche qu'il faudra bientôt changer la ferrure. Maggy souffre d'être enfermée dans son box toute la journée : elle tourne en rond à l'intérieur, ronge la porte, lèche les murs, autant de signes de stress. Je ne peux la mener au pré que le soir, quand j'ai fini mon travail. Or, maintenant la nuit tombe plus tôt. Et puis le pré est loin, il faut partager la pâture avec le cheval du maire. C'est un mâle, il n'a pas l'air trop agressif, mais j'ai toujours peur qu'il botte Maggy. Si seulement j'avais de l'argent pour louer un terrain qui lui serait réservé, à elle seule ! Je pourrais même, en été, m'y installer une tente pour dormir...

J'aime le bruit que font ses mâchoires lorsqu'elle broute. Un bruit régulier, si sonore dans le silence de la campagne, on dirait une petite tondeuse. L'herbe est complètement rase après son passage. Hier, un gamin, derrière la clôture mitoyenne avec celle de son jardin – je ne sais même pas qui c'est, les gens ici ont des enfants sans arrêt, quand je pense à ce qu'il faut faire pour avoir un enfant, j'ai envie de vomir – s'amusait à me déballer sa panoplie de gros mots. Maggy a henni vigoureusement, elle a galopé vers lui d'un air menaçant et le petit morveux a déguerpi. Puis elle est revenue fourrer son naseau entre mes mains pour me consoler... Et aussi pour réclamer du chocolat. Quelle gourmande !

Parfois, je m'imagine arrivant au collège avec elle et la lâchant dans la cour. Elle n'en finirait pas de donner des ruades à tous ceux qui me regardent d'un mauvais œil. Ou bien je l'imagine dans la salle des profs. Dans le bureau du principal. Ou mieux, celui de l'assistante sociale qui me convoque à tout bout de champ. Elle s'évertue à gagner ma confiance, celle-là, à me faire parler. Elle peut toujours attendre.

Il n'y a que Maggy qui sache, qui comprenne, qui arrive à me faire oublier, à cicatriser tout doucement la plaie.

Il n'empêche que bientôt, elle devra se transformer en « cheval d'aveugle », car j'y vois décidément de moins en moins. Le tunnel s'étire, s'étire. Il finira par se boucher complètement. Bah, finalement, je crois que cela ne me gênerait pas.

*Circulez, y a rien à voir...*

**10 septembre**

L'enveloppe en provenance du tribunal est arrivée.

F. – je n'arrive même plus à écrire Florence maintenant, tant elle m'est devenue étrangère – l'a mise en évidence sur mon bureau.

Le divorce a été prononcé officiellement.

Le jugement est tombé : *coupable.*

Il est en prison.

Il ne remettra plus les pieds à la maison.

Jamais.

Je devrais être soulagée.

Bizarre, je n'arrive pas à savoir ce que je ressens. Ce bout de papier que je tripote depuis près d'une heure maintenant, c'est la loi. Ce bout de papier a puni. Ce bout de papier dit que c'est fini. Que ça ne recommencera plus.

Ça.

Il n'y aura plus de Ça.

Mais Ça a fait mal.

Mais Ça fait encore mal.

Dites, messieurs les jurés, vous avez oublié de me dire comment faire pour oublier Ça. Comment faire pour ne plus penser à Ça. Pour rayer Ça de mon esprit. Pour retirer Ça de mon corps. Pour l'extraire, comme une maladie, comme un cancer, comme un « Alien ».

Mon corps dégueulasse. Mon corps souillé. Mon corps qui pue. Mon corps qui ne se réduit à rien d'autre qu'à Ça.

**10 septembre, minuit**

Je n'arrive pas à dormir. C'est à cause de la lettre du tribunal. J'ai fini par l'apprendre par cœur. Y a un truc qui cloche.

Et F. là-dedans ?... Rien. Elle s'en tire à bon compte. Elle a joué les mères éplorées et tout le monde est tombé dans le panneau.

C'est de ma faute, j'aurais dû parler. Mais si j'avais dit, au procès, que ma mère savait tout depuis le début, on m'aurait placée dans un foyer ou une famille d'accueil.

Et forcément, on m'aurait séparée de Maggy.

JE NE VEUX PAS QU'ON ME SÉPARE DE MAGGY.

**12 septembre**

Nouvelle lubie de F. Elle repeint ma chambre et en change le mobilier.

Elle croit qu'en modifiant la couleur des murs, le souvenir va s'effacer ? Comme en passant un coup de serpillière sur une trace de vomi ? Parce que la porte sera peinte en vert plutôt qu'en blanc, j'oublierai qu'elle s'est ouverte toutes les nuits ? Grâce à la nouvelle peinture, j'oublierai cette saloperie de silhouette qui se dressait sur cette saloperie de seuil ? Avec un linge de lit tout neuf, j'oublierai le froissement des draps quand il venait me rejoindre ? Dans un nouveau lit, j'oublierai que je m'accrochais aux barreaux de l'ancien ? Que je mordais l'oreiller pour ne pas hurler ? Et elle, elle va oublier qu'elle entendait tout derrière le mur ? Et qu'elle ne bronchait pas ?

C'est pas des travaux de peinture qu'il faut faire. C'est une opération de chirurgie. Il faut ouvrir mon corps, y donner un grand coup de lame. CHLAC ! ! ! Pour retirer toutes les saletés qui sont à l'intérieur. Extraire le Ça qu'il a mis en moi, dans moi, dans mon ventre, et le flanquer aux ordures.

En attendant qu'un savant génial invente une opération de ce genre, le sac de couchage dans la cuisine, ça me va très bien. Au moins, derrière la fenêtre, j'aperçois le box de Maggy.

**16 septembre**

Hier soir, dimanche, F. est venue me rejoindre dans la prairie. Quel toupet ! Elle ne l'avait jamais fait. Maggy s'est cabrée en la voyant. Maggy a un instinct fantastique, un flair du tonnerre.

Pitoyable, l'attitude de F., sa lâcheté, son hypocrisie, sa peur des mots. « Ma chérie... toutes les jeunes filles de ton âge ont déjà... depuis un ou deux ans... comment dire... chaque mois... »

Le dos tourné, j'ai continué à brosser Maggy comme si de rien n'était, je n'ai pas lâché une parole. Elle ne savait plus comment s'en sortir. J'avais une envie folle d'éclater de rire. Je me suis tellement retenue que j'en ai pissé dans ma culotte.

Elle a fini par me laisser un mot – encore ! – collé sur le frigo.

Elle veut me traîner chez un médecin, parce que je n'ai pas mes règles. Mais je n'ai pas envie d'avoir mes règles. Je ne veux pas saigner tous les mois. Je ne veux pas être une femme. Je n'ai pas pu être une petite fille, comment je pourrais devenir une femme maintenant ? J'ai saigné une fois, et il était bien trop tôt pour ça. Maintenant, fini. Je ne veux plus jamais voir le fond de ma culotte teinté de rouge.

Le mot sur le frigo, je l'ai déchiré. Je n'irai pas chez son foutu médecin.

**17 septembre**

Hier soir, le cheval du maire a essayé de monter Maggy. Elle ne s'est pas laissée faire. Tant mieux. Quel tempérament ! Elle a henni, a donné ruades et coups de sabot. Le cheval n'a pas insisté, il est allé paître à l'autre bout de la prairie.

Si j'avais pu, moi aussi, donner des ruades.

Des coups de pied, des coups de poing. Si j'avais pu griffer, si j'avais pu mordre. Si j'avais pu...

Si j'avais pu, Ça n'aurait pas eu lieu.

Si... Ça...

Mais il n'y a pas eu de Si. Il n'y a eu que Ça.

**18 septembre**

J'ai passé la nuit dans le box de Maggy. Le cauchemar est revenu.

Je n'arrive pas à croire que plus jamais il ne remettra les pieds à la maison. Pourtant, je garde en permanence la lettre du tribunal sur moi. Comme si c'était un objet magique, une sorte de talisman. J'ai par moments envie de me l'accrocher au cou, comme un collier.

Il est en prison.

Derrière les barreaux.

Enfermé.

Bouclé.

Il n'empêche que cette nuit, une porte a grincé et j'ai cru qu'il était là de nouveau. Oh ! oui, j'ai cru voir sa silhouette, j'ai cru voir ses mains courir sur mon corps, j'ai cru entendre son souffle sur ma bouche. Et Ça entrait encore dans mon ventre ! Et encore ! Et encore ! Je ne me suis endormie que très tard, au petit matin. Sur le foin, près d'un tas de crottin. Comme quand j'avais mal, après. Comme quand je me sentais sale, après. Comme quand j'avais envie de mourir, après.

En classe, quelqu'un a demandé à ouvrir les fenêtres. À cause de l'odeur. La mienne, l'odeur du crottin de cheval que j'avais gardée sur moi.

**25 septembre**

Aujourd'hui, un garçon est venu s'asseoir à côté de moi au self. C'est la première fois.

Qu'est-ce qui lui a pris ?

**26 septembre**

Le garçon est revenu à midi. Je crois bien que c'est le même qu'hier. Je n'en suis pas sûre, parce que midi ou minuit, pour moi, la lumière est la même : gris foncé. Mais je l'ai reconnu à son odeur. Une odeur bien particulière qui a réussi à se distinguer des relents de cuisine industrielle qui imprègnent le self.

Pourquoi est-il venu s'asseoir à côté de moi ?

J'ai eu l'estomac noué pendant tout le repas et mal au ventre tout l'après-midi.

**26 septembre, minuit**

Ça m'est revenu tout à coup et je me suis réveillée en sursaut : ce garçon, c'est Bastien Augier. Il était dans notre classe l'année dernière et il sortait avec Virginie Desmeures. Pourquoi ne s'est-il pas assis à côté d'elle ? Ils sont fâchés ? Dans ce collège, les filles et les garçons s'embrassent un jour et le lendemain ils s'insultent. Et puis ce type est connu pour draguer les filles sans arrêt. Je vois si mal que je n'ai pas pu vérifier qu'il n'y avait pas de place ailleurs qu'à côté de moi. Mais ce doit sûrement être ça.

D'ailleurs, il ne m'a pas parlé.

Surtout qu'il ne s'avise pas de le faire. Je ne réponds pas de ma réaction.

**27, 28, 29, 30 septembre.**

Le garçon, Augier... il s'assoit à côté de moi tous les midi.

Pourquoi, bon Dieu, pourquoi ? Quelle mouche le pique ?

**31 septembre, 1er, 2 octobre.**

Il s'assoit à côté de moi, mais ne parle pas. Tant mieux.

**2 octobre, minuit**

Il ne m'a pas parlé, mais quand il est allé chercher de la sauce au distributeur, il m'en a rapporté.

**3 octobre**

Cette histoire commence à m'énerver.

Si Augier a plaqué Virginie (ou l'inverse), pourquoi ne s'assoit-il pas à côté de son copain Rachid ? Ils sont inséparables tous les deux. L'année dernière, ils ne manquaient pas une occasion de semer la pagaille en classe. Je suis sûre qu'il manigance quelque chose. Quelque chose se trame dans mon dos. Quelque chose de pas bien. Au self, j'entends des chuchotements, des ricanements derrière nous.

Quand est-ce qu'on va me foutre la paix ?

Si jamais... Bon Dieu, je sens que par moments, je serais capable de flanquer à ce type un coup de couteau dans le bide, de le cisailler comme un vulgaire steak. De le réduire en purée et de le faire bouffer aux autres. *J'ai des pensées, des pensées...*

Ils ne savent pas. Ils ne savent pas que je trimballe Ça dans mon corps, que Ça va finir par sortir. Et que Ça risque de faire mal.

**8 octobre**

Augier toujours à côté de moi, au self. Il mange et ne dit rien.

Si, depuis hier, il me dit bonjour.

Mais je ne réponds pas.

**8 octobre, 11 heures**

À chaque fois qu'il se lève, il m'apporte de la sauce, du sel, de la moutarde, du sucre, une carafe d'eau, alors que j'ai déjà tout ce qu'il faut sur mon plateau.

**8 octobre, minuit**

Aujourd'hui je lui ai dit merci et... il a souri en retour. Enfin, je crois. Oui, il me semble avoir discerné un mouvement sur ses lèvres, mais c'était peut-être une grimace.

Les autres ne ricanent plus, tant mieux. Mais bon, ce cirque me rend nerveuse à la fin.

Demain, s'il s'installe encore à côté de moi, je change de place.

**9 octobre**

Il est revenu. Mais le self était bourré. Pas une seule chaise de libre. À moins que ce ne soit ma vue qui m'ait encore joué un tour.

Je suis restée à ma place.

**10 octobre**

C'est tout de même plus agréable de déjeuner à côté de quelqu'un, que de rester seule.

**11 octobre**

Aujourd'hui, j'ai retiré mes lunettes pour manger. Finalement, je ne sais pas pourquoi je les gardais pendant le repas. De près, j'y vois plutôt pas mal, en tout cas assez pour faire la différence entre les frites et la viande, entre un couteau et une fourchette.

**12 octobre**

J'ai poursuivi l'exercice. Non seulement je vois sans lunettes ce qu'il y a dans mon assiette, mais j'arrive même à distinguer les traits d'Augier quand il est en face de moi. Du moins quand la lumière n'est pas trop forte dans la salle, et quand il n'est pas à contre-jour. J'ai pu voir des détails pas évidents, par exemple : ses cils, très longs et recourbés, la couleur de ses yeux, noisette, presque la même teinte que ceux de Maggy. Comme son polo était entrouvert, j'ai pu compter combien il avait de poils en haut de la poitrine. Il en a exactement treize. Enfin, à un ou deux près...

À la dernière visite médicale, je n'arrivais même pas à voir les plus grosses lettres.

Je pige pas bien ce qui se passe.

**13 octobre**

Augier mange très lentement. Quand je quitte la table, il ne fait qu'entamer son plat principal.

**13 octobre, 11 h 45**

J'ai essayé aujourd'hui de manger moins vite que d'habitude, à son rythme. Après le repas, c'est si long d'attendre l'heure de la reprise des cours. Je traîne au C. D. I. ou dans la cour. Alors que là, ça passe plus vite. J'ai l'impression que j'ai beaucoup mieux digéré. Mon ventre, ce soir, est moins ballonné, moins gonflé. (Je ne pète presque plus !)

Je me demande si Augier va continuer à manger en silence.

**13 octobre, minuit quinze**

Je mange sans lunettes.

**14 octobre**

Il doit faire du sport. J'ai remarqué qu'il choisit ses plats avec soin. Il mange beaucoup de légumes et de laitages. Moi aussi je fais du sport, puisque je monte Maggy tous les soirs... Aujourd'hui, au lieu de demander des pâtes, j'ai pris des haricots verts, comme Augier.

C'est dégueulasse.

**15 octobre**

Les haricots verts ou les épinards, ce n'est finalement pas si mauvais. Question d'habitude. Et le yaourt sans sucre a beaucoup plus de goût.

De toute façon, il pourrait y avoir n'importe quoi dans mon assiette, je crois que je l'avalerais sans problème. Avant, le brouhaha du self me donnait la migraine, je n'avais qu'une hâte, partir. Maintenant, les bruits sont comme assourdis. J'y vois beaucoup mieux – j'ai essayé d'enlever mes lunettes en cours de français, et j'ai pu lire un texte sans problème – mais pour le coup, je me demande si je ne suis pas en train de devenir sourde, au self en tout cas.

En rentrant le soir, je ne me précipite plus sur les biscuits ou le chocolat. Je me sens plus calme et mon ventre se dégonfle de jour en jour. Mes vêtements vont bientôt être trop grands.

Est-ce qu'il est en train de m'arriver quelque chose ?

Et ce « quelque chose », c'est quoi, au juste ?

En tout cas, Maggy apprécie ma perte de poids. Je m'en rends compte maintenant : je lui infligeais une charge trop lourde, même si elle ne s'en est jamais plainte. Elle a fatigué beaucoup moins vite ce soir, elle a tenu le galop très longtemps. On a traversé le bois de bout en bout. J'étais si épuisée en rentrant – une bonne fatigue – que je me suis endormie tout de suite. Et je n'ai pas fait de cauchemar. Rien. Une nuit d'une traite.

**18 octobre**

Midi est l'heure que je préfère.

**19 octobre**

Je pense à midi dès le matin. Le soir, je rêve de midi.

**20 octobre**

Midi fait que je n'ai plus peur de minuit. Le rêve de midi chasse les cauchemars de minuit.

**21 octobre**

Les nouveaux vêtements me vont. Je n'ai même pas besoin de rentrer mon ventre pour fermer les jeans. J'en ai mis un aujourd'hui pour aller au collège. J'ai mis aussi les nouvelles lunettes.

**21 octobre, 22 h**

Bastien m'a dit que ça m'allait bien.

**22 octobre**

J'ai trouvé un shampooing (il coûte assez cher mais tant pis !) qui empêche les cheveux de graisser. J'ai aussi trouvé en pharmacie une lotion pour l'acné.

**22 octobre, minuit**

Et une crème dépilatoire.

**23 octobre**

Le cheval du maire est revenu rôder autour de Maggy. Rôder est bien le terme qui convient. Il s'approche, guette sa réaction, repart, revient. Maggy tourne sa belle tête vers lui, on dirait même qu'elle lui fait les yeux doux. (Est-ce possible pour un cheval ? Pour Maggy, oui, elle est tellement expressive !) Un instant après, elle est allée vers lui pour se placer en position de pansage. Face-à-face, tête de l'un à hauteur du garrot de l'autre, ils se sont grattés mutuellement, se sont donnés d'énergiques coups de dents, délogeant les plaques de boue, les parasites ou les poils morts. Après quoi, Maggy en a eu assez, elle s'est détournée et le cheval n'a rien tenté de plus.

S'est-il rendu compte que l'autre fois il était allé trop vite en besogne ?

**24 octobre**

Il m'a parlé.

Au C.D.I.

« Il », c'est Bastien bien sûr, pas le cheval du maire… Il m'a demandé de lui conseiller un livre. Je lui ai recommandé une revue sur les chevaux. Il a tout de suite compris que je m'y connaissais en chevaux et m'a demandé si je faisais de l'équitation. Il m'a confié qu'il était passionné de photo et m'a proposé de photographier Maggy. On s'est parlé naturellement, comme si on l'avait toujours fait. Je n'avais pas besoin de réfléchir à mes mots, ils sortaient tout seuls. Je ne me suis même pas sentie rougir...

Il est en train de m'arriver quelque chose.

Quoi ?

Je pense de moins en moins à Ça. C'est comme si Ça s'était rétréci dans mon ventre. Mon ventre n'est plus dur et noué comme avant. Mon ventre est presque tendre. Mon ventre est chaud... Comme si j'avais enfin subi l'opération du savant génial.

**24 octobre, 23 h**

J'ai quand même la trouille. De quoi, je ne sais pas au juste, mais j'ai la frousse.

N'empêche que ce serait vraiment super d'avoir des photos de Maggy. J'en couvrirais les murs de ma chambre... Enfin, de la cuisine.

**25 octobre**

Le cheval du maire a sailli Maggy. J'étais là. J'ai eu très peur au début. Le sexe d'un cheval, c'est si gros ! C'est si impressionnant ! Mais ce n'est pas dégoûtant. Peut-être parce que les chevaux n'ont pas de pantalons, pas de slip.

*Le pantalon qui tombait sur les chevilles, puis le slip. Le haut des cuisses, d'un blanc laiteux dans la pénombre de la chambre...*

J'ai eu peur aussi à cause des hennissements, si forts, si puissants, la prairie en était secouée. Ils montaient vers le ciel, ils étaient francs, sonores, pas rentrés, comme...

*Le souffle entrecoupé, la voix rauque, étouffée, les mots immondes chuchotés à l'oreille, qui suintaient de sa bouche humide...*

J'ai vu dans les yeux de Maggy qu'elle était heureuse.

*Moi je gardais les yeux fermés...*

Elle a une façon bien à elle de dresser les oreilles en pointe quand elle est contente. Cela n'a pas duré longtemps, quelques minutes.

*Ça durait si longtemps...*

Je suis restée à les regarder. À la fin, le cheval est venu mettre son naseau entre mes mains, comme pour me remercier de lui avoir laissé Maggy.

Deux chevaux qui font l'amour, c'est simple, naturel... Est-ce que l'amour peut être aussi beau chez les hommes ?

Est-ce que l'amour peut être différent de Ça ?

Est-ce que l'amour, ce n'est pas seulement un Ça qui entre de force, un Ça qui pénètre alors qu'on crie « non », un Ça qui déchire, un Ça qui fait mal ?

**26 octobre**

Cette nuit j'ai rêvé. J'ai rêvé que je dormais dans ma chambre. Que la porte de ma chambre s'ouvrait. Sur le seuil, il y avait Bastien. Il entrait tout doucement et se dirigeait vers le lit. Seulement, au fur et à mesure qu'il avançait, il se transformait... Sa tête devenait celle d'un cheval. Il avait aussi le poitrail d'un cheval. Je le caressais...

Puis je me suis réveillée.

**27 octobre**

La nuit dernière, j'ai encore fait le même rêve. Bastien, sur le seuil de ma chambre. Bastien, qui s'approchait de mon lit. Sauf que cette fois, il ne se transformait pas en cheval. C'est le lit qui se transformait... en prairie. Maggy et le cheval du maire étaient là, qui nous regardaient. Et ils applaudissaient.

Bizarres, les rêves, tout de même...

N'empêche que dans mon rêve, je n'avais pas mal. Dans mon rêve, je n'avais pas besoin de me réfugier dans le crottin, après.

Dans mon rêve, ce n'était plus Ça.

**28 octobre**

Pendant les vacances de la Toussaint, Bastien viendra prendre Maggy en photo.

## MAIL N° 19

Virginie à Bastien

Ma patience a des limites. Je n'en peux plus d'attendre. Pas de nouvelles depuis des semaines. Tu te transformes en fantôme ou quoi ? Je t'aperçois très rarement dans les couloirs ou la cour. Souvent seul, d'ailleurs, avec comme un air de rêverie sur le visage. Comme un vague parfum de nostalgie, de mélancolie. Ça ne te ressemble pas.

Qu'as-tu fait de ton frère jumeau, Rachid ?

Mon travail en laboratoire progresse à grands pas. Mes souris femelles – Delphine et Audrey – se transforment à vue d'œil. Mais pour que mes observations soient complètes, il me manque des informations capitales sur l'élément principal, l'élément mâle : toi, en l'occurrence. Qu'est-ce que tu fabriques ? Où en es-tu ?

Parlons tout d'abord de la souris n° 1, si tu veux bien. Delphine.

Métamorphose spectaculaire ! Transformation fulgurante en quelques semaines à peine. Je ne m'étais pas trompée. Le sujet ne demandait qu'à se prêter à l'expérience. Le changement, dans un premier temps, s'est fait sur le plan physique : la nonne en herbe s'est vite débarrassée de ses vêtements d'avant-guerre – le fait est qu'elle venait réellement d'un collège de bonnes sœurs ! – et la voilà habillée maintenant dernier cri, le cul de plus en plus moulé dans ses jeans pattes d'éph à paillettes, la poitrine débordant du tee-shirt, maquillée tous les jours dès huit heures trente. Quant à l'affaire Francis, elle avance à grands pas. Delphine et lui se voient pratiquement un samedi soir sur deux. (Grâce à mes stratagèmes pour déjouer la surveillance du père de Delphine, un vrai garde-chiourme !) De la traditionnelle soirée au cinéma, ils en sont rapidement arrivés à flirter des heures entières dans la chambre de Francis. Elle me raconte tout, cette pauvre idiote, les travaux d'approche, les bisous, les caresses, les mots fous qui s'échappent... Elle a failli s'évanouir en me rapportant que Francis lui avait dit « je t'aime ». D'après ce que j'ai compris, il ne s'est encore rien passé de sérieux. Elle recule l'échéance de semaine en semaine et Francis n'a pas l'air pressé. Je l'aurais pourtant cru du genre à mettre la pression.

Tu ne peux pas savoir le talent que je dois déployer pour l'écouter en gardant mon sérieux et ne pas me trahir. Le fait est qu'elle m'adore, ne jure que par moi. Je suis sa confidente, son amie, sa sœur ! Elle me téléphone tous les soirs, à tel point que, le plus souvent, je fais dire à maman que je ne suis pas là ou que je m'occupe de mon petit frère.

Tu avais raison, c'est une conne ! Une petite bourgeoise encrassée dans des habitudes d'enfant gâtée. Quand elle me parle de sa vie à Johannesburg, j'ai envie de la claquer ! Je ne suis pas très au courant de la politique, mais j'ai vu un film qui racontait la vie de Nelson Mandela : vingt ans de prison, de tortures, parce qu'il était noir et se battait pour la cause des Noirs et elle, elle prétend que ses parents ne lui en ont jamais parlé... Enfin, bref. Je fais bonne figure.

C'est marrant, tu vois, Delcroix lui a déclaré la guerre. À croire qu'on a les mêmes goûts, tous les deux. Il ne manque pas une occasion, en classe, de moucher Delphine. Je le trouve même parfois un peu vache. Hier, il lui a dit : « Je n'ai que faire d'une Laetitia Casta en herbe dans ma classe ! » J'aime bien quand il prend un ton sec et incisif, ça ajoute à son charme. Quant aux colères, ça le rend tellement sexy ! Il en a piquée une méga la semaine dernière : il a surpris Francis en train de dessiner une croix gammée sur sa table. Tu ne peux pas savoir ce qu'il lui a balancé. « Effacez-moi cette horreur tout de suite ! » a-t-il dit – entre autres – « Vous faites injure à la classe et au collège tout entier ! »

Enfin, pour en revenir à notre affaire, si la souris n° 1 réagit très bien avec Francis, on ne peut pas dire qu'elle flashe sur toi pour l'instant. Pas un mot, rien. Tu roupilles ou quoi ? Mais je te réserve une petite surprise à ce propos...

L'enchaînement sur l'observation de la souris n° 2 – Audrey – est ainsi tout trouvé.

Alors là, je dois dire que je n'en reviens pas. La métamorphose est sidérante ! Audrey a maigri ! Et en un temps record en plus ! À peine quinze jours ! Merde alors, moi qui n'arrive pas à perdre l'unique kilo que j'ai pris cet été ! Et puis elle porte des lunettes qui sont presque élégantes ! Et elle ne schlingue plus ! Et elle s'épile ! Elle se coiffe ! Elle n'a plus la peau truffée des points noirs et de boutons purulents ! Y a encore du pain sur la planche pour qu'elle ressemble à quelque chose d'humain, mais c'est fou ! Elle prend même la parole en cours ! Delcroix, hier, a réussi à lui faire lire un poème où il était question d'amour. Elle l'a lu avec des trémolos dans la voix, on se serait cru sur France Culture. Delcroix l'a d'ailleurs félicitée. Oh ! Il n'était sûrement pas sincère, ça, c'est le côté « assistante sociale » que les profs ne peuvent pas s'empêcher d'adopter quand une fille est complètement coincée. Un peu décevant de la part de Delcroix, mais bon...

Alors, raconte ! Comment tu t'y es pris ? Qu'est-ce que tu lui as dit ? Comment t'as fait pour pas être asphyxié (par l'odeur) en lui parlant ?

QU'EST-CE QUE TU LUI AS FAIT ?

P. S. Déception ! Delcroix n'animera pas de club théâtre. C'est madame Moustache qui va s'en occuper. Berk ! Je croyais qu'elle était à la retraite, celle-là ! Ce sera pas un club théâtre, mais plutôt *La Nuit des morts-vivants*. Moi qui répétais déjà des scènes d'amour, seule devant mon miroir !

Enfin, Delcroix a tout de même un projet. Il a convaincu le principal de trouver une salle qui serait entièrement réservée aux classes de troisième et qu'on décorerait à notre goût, avec son aide. Peinture, écrits, sculptures, tout est possible, a-t-il dit. Ça devrait se mettre en place d'ici peu. J'avoue que je sèche pour l'instant. Tu n'aurais pas une idée ? Si tu me passais quelques photos de ton book pour la déco, ce serait un début ?

## MAIL N° 20

Bastien à Virginie

Ce n'est pas en médecine que tu devrais envisager une carrière, Virginie, mais plutôt dans l'armée. Ou dans la gendarmerie. Je te verrais assez bien comme jeune recrue féminine du G.I.G.N. (Les épreuves sont en grande partie des tortures psychologiques, tu tiendras le coup.) Renseigne-toi, je crois qu'ils embauchent en ce moment.

Ça fait des semaines qu'on ne s'est pas écrit, qu'on ne s'est pas parlé, qu'on ne s'est pas vus et le ton de ton mail est d'une sécheresse ! Je n'en reviens pas. Plutôt que ton « Qu'est-ce que tu fabriques ? » un « Comment tu vas, Bastien ? », ça n'a pas effleuré ta jolie petite cervelle ? Et il ne t'est pas non plus venu à l'idée de conclure par un « Tu me manques » ?

Bref.

Je sais parfaitement que l'affaire Delphine-Francis marche bien. J'ai observé les deux cobayes, moi aussi. Et mon idée de départ était bien la bonne : « qui se ressemble s'assemble ». Une graine de facho flirtant avec une pouffiasse dont les parents ont cautionné les horreurs de l'apartheid, c'est le plus beau couple qu'on pouvait trouver ! Et j'ai d'autant plus envie d'y foutre la merde... Contrairement à ce que tu penses, j'y travaille. Pas plus tard qu'hier, ta Delphine m'a chopé. Gonflée tout de même, elle m'attendait à la porte des chiottes, c'est tout juste si j'ai eu le temps de reboutonner ma braguette. « Hé, c'est bien toi, Bastien Augier-er-er-er ? » me dit-elle de sa voix nasillarde. Jamais entendu une voix pareille ! On dirait qu'elle est enrhumée à longueur d'année. Et cette façon de traîner sur les mots, c'est horripilant... « Virginie m'a dit que t'étais doué pour la photo et que tu cherchais des modè-è-è-les. » – C'est donc ça ta petite surprise, me faire passer pour un photographe avisé en quête de modèles ? J'ai hoché la tête en guise de réponse et lui ai jeté un regard professionnel. Zoom sur les jambes, lente remontée sur les hanches, la poitrine, puis appréciation de la lumière sur le visage. Regard que j'ai fait suivre d'une moue peu enthousiaste. Elle a aussitôt baissé les épaules et cambré les reins pour mettre ses gros seins – ils sont siliconés ou quoi ? – en valeur. « J'ai besoin de photos, parce que j'ai réussi à décrocher un rendez-vous dans une agence de mannequins... On pourrait... » « O.K., mon appareil est en réparation en ce moment, mais laisse-moi ton numéro de portable, je te rappelle et on prend rancart ». Et je la plante là sans ajouter un mot.

Elle est restée bouche ouverte, muette, scotchée sur place. J'ai horreur de ce genre de nanas qui se croient irrésistibles. Qu'est-ce qu'elle croyait ? Que j'allais tomber en pâmoison ? J'étais prêt à la rembarrer définitivement quand j'ai vu Francis, au bout du couloir. Il avait la gueule à l'envers : premiers signes de jalousie. J'avoue que j'ai apprécié. Donc, je donnerai suite, mais quand ça me chantera. Désolé, mais je vais à mon rythme.

Quant à Audrey... Je ne vois pas trop ce que je pourrais t'en dire. C'est une fille qui parle peu, pratiquement pas. Comme si elle avait un truc au fond de la gorge... un truc... complètement noué. Elle est différente... Elle est... Bof ! Rien de particulier. Rien que tu ne saches déjà. Non, vraiment j'ai beau chercher, y a rien qui vaille le coup d'en parler. Sauf peut-être... Tu savais, toi, qu'elle avait un cheval ?... J'aimerais bien la voir monter un jour...

Elle a effectivement maigri et changé de look. C'est tout à son avantage. Je suis censé dire quoi à ce propos ? Si tu veux suivre son régime, demande-le-lui !

Je prends de la distance par rapport à Rachid, et alors ? Il ne t'est jamais arrivé d'avoir envie d'être un peu seule ? De rompre les habitudes pour un temps ? En ce moment, j'ai du mal à le supporter, ses vannes ne se renouvellent pas, il radote, tourne tout en dérision, ça me porte sur les nerfs. Voilà, c'est tout.

Bises

P.S. Je constate que l'effet Delcroix dure. Que ce n'était pas seulement une nouveauté de la rentrée. Mais qu'est-ce que tu lui trouves, à ce mec ? Il a grossi, non ? Si c'est ça, un mec « sexy », pour reprendre ton expression ! C'est bizarre comme les nanas se sentent obligées de flasher sur leurs profs, dès qu'ils sont du sexe opposé et ont moins de soixante-dix ans. Je ne comprends pas : colle-moi Claudia Schiffer en maths, je ne vais pas me transformer en calculette électronique pour autant ! Un prof reste un prof... Un bon point pour Delcroix, néanmoins, s'il ne peut pas saquer Delphine et s'il se met en rogne contre Francis. (Dessiner une croix gammée en classe, non mais tu te rends-compte ?!!!) Quant à Audrey, c'est normal qu'il s'intéresse à elle, c'est une fille intelligente.

J'ai entendu parler de son parcours diversifié. Ça concerne effectivement toutes les troisième. Moi personnellement, aller décorer une salle, ce n'est pas mon truc. D'autant que le principal n'a rien trouvé de mieux que l'ancien réduit où l'intendante stockait ses fournitures. La première étape de la « déco », ce sera le ménage, figure-toi. Très peu pour moi.

Pas question que je te prête mon book. Débrouille-toi, après tout ! Fais travailler tes méninges.

## MAIL N° 21

Virginie à Bastien

La sécheresse que tu m'attribues n'est qu'une des qualités impérativement requises pour la scientifique que je veux être. Un chirurgien se doit de prendre du recul par rapport à la souffrance de ses patients, sans quoi il n'est plus en mesure d'opérer... Je ne peux pas m'encombrer des « Comment tu vas, Bastien ? » ou « Tu me manques, Bastien » et toutes sortes de jérémiades, alors que je t'ai demandé moi-même de draguer une autre fille. Ma prétendue sécheresse est aussi une façon de t'aider, figure-toi.

Je m'endors toujours sous la danse des Babar. Ou plutôt, je me réveille toujours en pleine nuit sous les Babar.

Bref.

Si tu n'y vois pas d'inconvénient, je donnerai encore priorité à ma souris n° 1, Delphine. Elle s'est empressée de me raconter votre brève entrevue. Les qualificatifs n'ont pas été très élogieux. Elle t'a trouvé, je cite : « super-malaimable ». Elle a même émis l'idée de se trouver un job pendant les vacances de la Toussaint pour se payer les services d'un photographe professionnel. J'ai aussitôt rectifié le tir : je lui ai dit qu'il ne fallait pas se fier aux apparences. Que tu étais un artiste, et que, par conséquent, tu avais un sale caractère. Qu'avec un photographe professionnel, elle dépenserait son argent pour un résultat moins bon, vu tes compétences. En un mot, que j'allais intercéder en sa faveur auprès de toi. Sur ce, elle m'a questionnée à son tour. Dans ce collège à la con, les ragots vont décidément bon train. Je ne sais pas de qui vient la fuite, mais Delphine m'a demandé pourquoi je ne sortais plus avec toi – je note le « plus » au passage – et si c'était vrai que tu te tapais plein de filles... Tu vois, une réputation, ça colle à la peau.

C'est d'autant plus drôle que le Don Juan de service m'a tout l'air de changer ces temps-ci.

« Une fille différente, intelligente ». Que vas-tu trouver d'autres comme adjectifs dans les jours qui viennent pour évoquer Audrey ?

Elle a un cheval, première nouvelle ! Peut-être pour ça qu'elle ressemble à une jument ! Est-ce que dans ta prochaine lettre, tu vas me la décrire comme une magnifique cavalière ?... Je vois le tableau : Audrey sur son beau destrier, galopant, cheveux au vent dans la forêt. Non mais, oh ! Tu débloques ou quoi ?

Tu apprécies le calme, le silence, la solitude, tu te laisses aller à la rêverie, tu ne supportes plus les vannes de Rachid, TU M'INQUIÈTES. Tu ne serais pas en train de tomber amoureux, mon coco ?

C'est quoi, cette entourloupe ? Quand tu m'as dit que tu allais draguer Audrey – parce que l'idée était de toi, je te le rappelle – j'ai approuvé en pensant que je passerais des moments hilarants à te lire. Or, c'est tout le contraire. Quand tu parles d'elle, tu deviens, d'une, elliptique, de deux, ennuyeux. Chiant à mourir ! Tu ne comptes tout de même pas me sortir une platitude du genre : « Elle a de graves problèmes, si on apprend à la connaître, on découvre que... », etc., etc. Et puis, elle a beau avoir maigri, elle a beau s'habiller correctement, elle reste d'une laideur à faire peur ! C'est pas parce qu'elle a changé de lunettes qu'elle en a perdu son regard de bovin !

Dis-donc, Bastien, tu ne peux pas changer à ce point, tout de même ? Pas toi ?

Allez, dis-moi vite que non. Dis-moi vite que tu plaisantais. Que c'était une vanne !

À mon avis, quand tu prendras rendez-vous avec Delphine pour les photos, tu changeras d'opinion. Et là, ce sera intéressant de voir si tu craques ou pas. Parce que, je le reconnais moi-même, c'est vraiment une belle fille. D'ailleurs, c'est chez Glamour qu'elle a décroché un rendez-vous, figure-toi. Et si tu lui fais de bonnes photos, elle a toutes les chances d'être sélectionnée. Il est question qu'elle tourne un spot publicitaire, du genre de celui qui passe actuellement à la télé : on y voit quatre gonzesses qui se ressemblent comme des sœurs, qui lèvent les bras en criant « non ! ». C'est une pub pour un déodo. Débile. Delphine y serait parfaite. Je la vois bien battre des cils devant la caméra et dire avec sa petite bouche en cul de poule : *Parce que je le vaux bien.*

Enfin pour répondre à ta question, mais tu pourras le vérifier toi-même, ses seins ne sont pas siliconés – avec le père qu'elle a ! – non, c'est du cent pour cent naturel !

Allez, s'il te plaît, Bastien, mets un coup d'accélérateur et fais-la-lui, sa séance de photos ! Je recommence à m'ennuyer... Je recommence à avoir mal au bide !

P. S. Merci pour le veto sur ton book. Sympa. Mais je me débrouillerai sans, tu as raison. Le projet déco commence lundi prochain. Effectivement, Delcroix nous a prévenus : dans un premier temps, il s'agira de faire du ménage. Je me suis inscrite. Moi, avec lui, je suis prête à récurer n'importe quoi, même les chiottes ! (Quand je pense que je passe jamais un coup d'aspirateur dans ma chambre !)

## MAIL N° 22

Virginie à Bastien

Pas de réponse à mon dernier mail.

Ça veut dire quoi au juste, ce silence ?

Tu fais la gueule ? Ou bien, pire, Audrey te monopolise entièrement ? J'ai eu vent de vos tête-à-tête langoureux au self. (Oui, j'ai des espions, il faut bien, puisque tu ne respectes pas notre accord et ne me racontes rien ! J'ai snobé la cantine ces temps-ci à cause de mon régime, mais je crois bien que je vais y retourner pour voir ça de mes propres yeux.) Il paraît que tu as donné des consignes draconiennes pour que personne ne vous dérange. Que les déjeuners se poursuivent ensuite par de longues discussions enflammées au C.D.I. J'ai même entendu madame Couderc se féliciter de te voir fréquenter assidûment un endroit où tu n'allais l'année dernière que pour chahuter.

En classe, le papillon continue sa mue, sort de son cocon, va bientôt briser la chrysalide. Audrey prend de plus en plus la parole en cours, elle se propose pour des exposés, s'attire les louanges de tous les profs.

D'autres bruits courent : on dit que tu serais allé chez elle...

ALORS ???

Au fait, j'ai un service à te demander, qui ne te posera sûrement pas de problème, vu tes dispositions actuelles. Pourrais-tu occuper Audrey tous les lundis de 5 à 7 ? Ça m'arrangerait. Figure-toi que le projet déco de Delcroix a commencé.

À cinq heures tapantes lundi dernier, j'arrive, et me trouve seule avec Delcroix. Un quart d'heure passe, vingt minutes : personne d'autre ne se pointe. « Pas beaucoup de succès pour l'instant, mon idée », me dit Delcroix en souriant. Je réponds par un sourire, le plus beau de ma panoplie. De ceux qu'à une époque, tu remarquais... « Bon ! dit-il d'un ton énergique, on démarre, qu'est-ce que tu en penses ? » Moi, je pense tout ce qu'il veut, absolument tout... Il remonte les manches de sa chemise – sur des avant-bras musclés – s'arme d'un balai, d'une pelle et avec un clin d'œil – mon cœur chavire – m'invite à en faire autant. Je vire mon sweat pour être à l'aise (après quinze secondes de réflexion, histoire de me remémorer si ce que je porte en dessous est correct. C'est bon, j'avais enfilé le matin un tee-shirt blanc, court, au ras du nombril.) Delcroix fait en sorte de ne pas laisser traîner ses yeux sur les points stratégiques. Normal.

N'empêche que de temps en temps, nos regards se croisent...

Je commence à balayer et j'essaie d'orchestrer mes déplacements dans la salle le plus élégamment possible, comme des pas de danse. Mine de rien, je tente aussi de me rapprocher le plus souvent de lui.

Il esquive. Normal encore.

N'empêche que de temps en temps, on se frôle...

Le temps passe, on papote de choses et d'autres. Delcroix me demande si j'ai des idées pour aménager la salle, si je pense que d'autres élèves finiront par nous rejoindre. Je bluffe en lui affirmant que j'ai plein d'idées, mais que j'attends de me concerter avec mes camarades.

Je lui assure que les autres troisième ne tarderont pas à nous rejoindre dans les prochaines semaines, que c'est toujours comme ça, dès qu'un prof propose quelque chose de nouveau, les élèves ne se montrent pas au début, puis ils finissent par suivre, en bons moutons de Panurge qui se respectent. Il sourit de mes vannes. Pas radine pour un sou, je lui rends tous ses sourires, sans exception. Je ne vois pas le temps passer. Balayer me semble soudain une activité extraordinaire, un peu plus et j'en mangerais de la poussière !... Jusqu'à ce qu'un petit grattement timide se fasse entendre à la porte. Qui est là ?... Audrey. *Ton* Audrey. Delcroix s'empresse de la faire entrer et la remercie d'être venue.

À partir de là, tout a été gâché, bien évidemment.

Lorsqu'il a fallu attaquer le lavage du carrelage à grande eau, j'ai bien essayé de me mettre le plus possible à mon avantage dans les diverses poses que je prenais – à genoux, les reins cambrés, à quatre pattes, les fesses bien en évidence – c'était peine perdue.

Au fait, elle est très douée pour le ménage, Audrey. On dirait qu'elle n'a fait que ça toute sa vie. Et elle n'a pas peur de manier la Javel à tour de bras au risque de puer. Remarque, ça masque les autres odeurs.

P. S. Si tu te demandes d'où proviennent mes renseignements : Rachid.

Eh ! Oui ! On est toujours trahi par ses proches.

**MAIL N° 23**

Virginie à Bastien

Mon précédent mail n'est peut-être pas arrivé – pas de réponse à ce jour. De temps en temps, la connexion échoue. Heureusement, je l'avais enregistré.

Je te le renvoie.

P. S. J'ajoute un passage. Merci d'occuper Audrey tous les jours, et le lundi en particulier. Elle ne vient plus au projet déco. Toi, tu n'y as jamais mis les pieds. Tu devrais.

Ça commence à prendre tournure. Tu sais quoi ? Ton pote Rachid m'a étonnée. Il a décoré la salle avec des tags. Mais pas n'importe quels tags, pas les graffitis qu'on peut voir sur les rideaux de fer des boutiques. Il les a faits à la peinture. Il était équipé d'une véritable panoplie de professionnel et le résultat est quasiment une œuvre d'art. Il est vraiment très doué de ses mains. Elles sont très belles, d'ailleurs, ses mains, je ne l'avais jamais remarqué. Longues, fines, la couleur mate de la peau fait que les ongles ont l'air légèrement nacrés... Avec ses copains, il a réussi à fabriquer un bar et des sièges à partir de vieux meubles récupérés dans une décharge. Ça a vraiment de la gueule !

Delcroix voudrait faire de cette salle, non seulement un véritable espace-détente, mais aussi une sorte de « café littéraire ». On apporte les bouquins qu'on a aimés et on en discute.

## MAIL N° 24

Virginie à Bastien

Il suffit de cliquer sur « répondre ».

P.S. Tu avais raison. Rachid est loin d'être débile. Mis en confiance par Delcroix qui a beaucoup aimé ses tags, il a changé du tout au tout. Il participe à nos « débats littéraires ». Moi qui croyais qu'il ne savait ni lire ni écrire, c'est tout le contraire ! (Et « niquer » a quasiment disparu de son vocabulaire !)

## MAIL N° 25

Virginie à Bastien

Un bon prétexte, les vacances, pour faire le mort.

Y en a marre maintenant, t'as intérêt à me répondre à la rentrée. Sinon...

## MAIL N° 26

Bastien à Virginie

Sinon quoi ?

Quand je te disais que tu devrais faire carrière dans l'armée...

Je t'envoie ce jour, sous enveloppe, par la poste, le double de la série de clichés que j'ai remis ce matin même à ton amie Delphine. Les photos sont parfaitement réussies, je suis assez fier de mon travail. Moi qui jusqu'à présent n'avais photographié que des paysages, des coins de rue ou les plages de Bretagne, je fais des progrès sensibles.

Comme tu pourras le constater, les poses sont très variées et s'accordent avec les expressions du modèle : debout, assise, couchée, jambes croisées, décroisées, mains sur les hanches... Ici, à cheval sur un tabouret dans une attitude aguichante. Là, plus romantique, le regard fixé sur un bouquet de fleurs, ou bien une moue boudeuse sur des lèvres maquillées à l'aide d'un carmin très vif – appel au baiser – cheveux lâchés évoquant une nuit agitée, chignon sophistiqué pour une soirée huppée. On trouvera divers gros plans sur les yeux dont on remarquera la forme en amande, sur la poitrine, la taille, la croupe (oh ! pardon, on ne dit pas ça pour une femme !), les jambes extraordinairement longues. Le modèle capte parfaitement la lumière, ne laisse paraître aucune gêne face à l'objectif, pas la moindre inhibition et sait se montrer inventive quant aux expressions de son visage. Elle a effectivement toutes les chances d'être sélectionnée et pourrait sans aucun doute tourner autre chose qu'un spot publicitaire pour un déodorant.

Pour que son book soit le plus complet possible, nous avons passé en revue les quatre saisons et les vêtements qui y correspondaient. Du manteau de fourrure au maillot de bain, en passant par le tee-shirt mouillé soulignant les rondeurs d'une poitrine parfaite. Sans oublier la lingerie fine.

Quant au dernier cliché, sur lequel le modèle apparaît nue, à ma demande – je n'ai pas eu grand mal à la convaincre en lui disant qu'il serait plus facile de se désaper devant moi que devant le péquin de l'agence qui la recevra – il signe l'accomplissement de mon « contrat ».

## JOURNAL D'AUDREY

**10 novembre**

Bastien m'a donné aujourd'hui les photos de Maggy. Elles sont là, étalées par terre devant moi, et je ne sais plus où poser les yeux tant elles sont magnifiques !

C'est incroyable, Bastien a eu immédiatement le contact avec Maggy. Elle n'a pas du tout été effarouchée par l'appareil, certaines photos ont même été prises au flash sans qu'elle se cabre ! On dirait qu'elle a réellement posé pour lui, comme... comme une femme ! Moi qui connais bien ses expressions, je peux l'affirmer. Elle apprécie Bastien. Beaucoup. Elle... l'aime.

Le résultat est vraiment formidable. Sur une des photos – il y avait du vent ce jour-là – sa crinière, légèrement ondulée, est repoussée sur le côté comme si on l'avait coiffée, si bien qu'on voit parfaitement ses yeux et le dessin des muscles sous la peau du naseau. Sur une autre, elle se tient près du mur mitoyen avec la clôture, là où habite le gamin qui me lançait des injures (il n'en dit plus depuis qu'il me voit régulièrement avec Bastien). Droite, altière, son pelage fauve brille sous le soleil et contraste avec les fleurs qui tombent en cascades derrière le mur. Une autre montre un gros plan sur son arrière-train – un peu osé tout de même ! – mais c'est très drôle : on voit sa longue queue toute lisse et ses flancs ressemblent à deux joues bien rondes. Une autre encore : elle est à demi couchée – une attitude très rare chez elle – et son naseau disparaît à moitié dans l'herbe. Il se dégage de cette photo une impression de douceur extrême. Maggy est sereine, son regard est velouté, on dirait... on dirait qu'elle attend un heureux événement. (Mais j'y pense, peut-être que Maggy va avoir un poulain ? Il faudrait que je pose la question au veto !) Sur une autre série de clichés, elle échange des bisous avec le cheval du maire ! – Oui ! Je n'exagère pas ! – Ou bien ils sont placés tous les deux tête à croupe et se protègent mutuellement des mouches par le balancement réciproque de leur queue. Enfin, la dernière pause est nettement plus comique : elle tire sa mâchoire inférieure sur le côté droit si bien qu'on a l'impression qu'elle fait une grimace.

Ces séances de photo sont les plus beaux instants de ma vie ! C'est un peu ridicule comme formule, mais je n'arrive pas à en trouver d'autre. Pendant les vacances, Bastien venait tous les jours. Quelle patience il a eue ! Combien de fois Maggy lui a fait le coup : elle semblait fin prête pour la photo, parfaitement immobile, et juste au moment où il allait appuyer sur le bouton, paf ! Elle baissait la tête pour brouter. Quand ce n'était pas pour faire caca ! Un énorme tas de crottin, ç'aurait fait désordre sur la photo !

Mais le plus gigantesque fou rire, ça a été quand Bastien a voulu essayer de la monter. Je ne le lui ai pas dit, mais il ne me semble pas très doué pour l'équitation. Ou alors, il faudrait que je lui apprenne les rudiments.

Le pauvre, il est tombé et s'est mal reçu. J'ai bien cru qu'il avait perdu connaissance. Allongé dans l'herbe, les yeux fermés, il était si pâle. Je tenais sa tête entre mes mains, je caressais ses cheveux, il était brûlant, comme s'il avait eu de la fièvre, ses tempes battaient sous mes doigts, battaient, battaient si fort... Comme mon cœur.

J'ai eu envie de...

Là, dans l'herbe. Avec Maggy à côté de nous. Comme dans ce rêve que j'avais fait il y a quelques semaines.

**12 novembre, 23 h**

Je n'arrive pas à dormir, je suis énervée. J'ai épinglé les photos de Maggy un peu partout sur les murs de la cuisine, mais c'est du gâchis. Elles sont à moitié masquées, ici par un pot de sucre, là par un paquet de spaghettis. Au-dessus de la cuisinière, elles risquent d'être salies par des éclaboussures de graisse.

C'est ridicule à la fin ! Il faut que je trouve le courage de réintégrer ma chambre. Sur les murs fraîchement repeints, les photos de Maggy seraient mises en valeur.

Et puis, si un jour (il ne l'a pas encore fait) Bastien demande à voir ma chambre, qu'est-ce que je vais lui répondre ? Que je couche dans la cuisine ? À côté du frigo ?

**13 novembre, 2 heures du matin**

Les photos font effectivement un très bel effet. Je ne veux plus dormir dans la cuisine. Je tente le coup : j'essaie la chambre.

Dans la journée, ça va, j'arrive à supporter cette pièce. Mais la nuit, j'ai décidément du mal. Comme si j'avais peur qu'un fantôme, *son* fantôme, jaillisse des murs. Ou des draps.

Bon, j'ai dit que j'essaierais. J'essaie.

**13 novembre, 7 h**

J'ai pu m'endormir. Difficilement, mais j'y suis arrivée. J'ai laissé une veilleuse allumée. J'ai bloqué la porte avec une chaise. J'ai longuement fixé les photos, en essayant de me persuader que si jamais la porte s'ouvrait, Maggy jaillirait des photos et bondirait sur l'intrus.

Puis j'ai dormi.

Et rêvé.

De Bastien.

Avec moi.

Au lit.

**17 novembre**

Hier, Bastien est venu voir « l'exposition » des photos dans ma chambre.

La porte était fermée, le fantôme à l'extérieur, maman au travail.

Tout s'est passé comme dans mon rêve.

*Le rêve est devenu réalité.*

J'ai tellement de mal à le croire que je dois l'écrire.

**19 novembre**

J'ai mes règles.

## MAIL N° 27

Bastien à Virginie

J'en ai assez, Virginie. Je voudrais qu'on arrête cette comédie, ce cirque.

Je ne sais plus où j'en suis. Ce que je sais, c'est que je ne veux plus continuer ce jeu malsain. Pour moi, l'affaire Delphine-Francis est terminée. Je ne veux plus en entendre parler.

Comme je te le disais dans mon dernier mail, j'estime avoir rempli mon contrat. Compare la photo de Delphine nue avec l'image que tu as d'elle, débarquant le premier jour de la rentrée au collège, affublée de sa jupe plissée et de sa chemise blanche, et tu verras que de ton côté, tu as aussi gagné ton pari.

Je n'ai pas craqué. Parce que c'est bien ce que tu voulais savoir, dès le début, n'est-ce pas ? Alors, sois rassurée : Virginie nue m'a fait autant d'effet que madame Moustache.

Quant à faire enrager Francis, ça ne me dit plus rien. Il suffirait de lui envoyer cette photo pour déclencher les hostilités. Mais c'est débile à la fin.

Arrêtons là, Virginie. Dis-moi que tu acceptes enfin d'aller manger une pizza vendredi soir. Pas à Casino. Je suis prêt à dépenser toutes mes économies pour t'offrir un restau en centre ville.

## MAIL N° 28

Virginie à Bastien

Je n'ai toujours pas perdu ce satané kilo qui, depuis cet été, s'incruste sur mes fesses. Accepter ton invitation serait faire une entorse à mon régime. D'un autre côté, j'en ai ras-le-bol des yaourts à 0 % et des biscuits diététiques que je m'enfile tous les soirs. Tous les nutritionnistes disent qu'un écart lors d'un régime ne prête pas à conséquence, du moment que dès le lendemain, on ne cède plus à la tentation.

Donc, j'hésite.

Ce que tu dis de l'affaire Francis-Delphine est vrai. D'autant que, d'après ce que j'ai compris, samedi prochain, dans moins de quarante-huit heures maintenant – tout est arrangé – le couple devrait se souder définitivement, tu vois ce que je veux dire... Un peu grâce à toi, figure-toi. J'ai fait semblant de découvrir les photos quand Delphine est venue me les montrer chez moi. En arrivant à LA photo, j'ai poussé un « ouaw » éloquent. Delphine a rougi et s'est empressée d'ajouter : « C'est pas du tout ce que tu crois. Je ne sais pas pourquoi on raconte que ce type – elle ne peut même pas prononcer ton prénom, tant tu l'énerves – se tape toutes les filles. Il n'a rien tenté, il m'a regardée d'un œil froid, à tel point que j'ai cru qu'il me trouvait franchement moche... Ou alors il est gay. » Bref, tu l'as horriblement vexée. Et pour se rassurer, elle a besoin de tester Francis. Je pense que, contrairement à toi, il ne résistera pas.

O. K. Tu as marqué un point.

Mais somme toute, ça ne t'a pas demandé un gros effort, vu que tu ne pouvais pas saquer Delphine dès le début. Tu vois, notre expérience m'aura appris à mieux te connaître : tu n'arrives finalement pas à séparer ta tête de ton cœur. Et c'est tout à ton honneur.

Je suis donc d'accord avec toi pour mettre un terme à l'affaire Delphine-Francis.

Mais il reste l'autre affaire en cours, celle que tu passes volontairement sous silence.

*L'affaire Bastien-Audrey.*

Car il y en a une, pas vrai ? Il faudrait être aveugle pour ne pas voir que la transformation de la souris n° 2 a atteint son point culminant.

Question de flair : tu as couché avec Audrey, j'en suis sûre. Je sais par avance que tu ne m'en diras rien et je n'ai finalement pas envie d'en savoir plus. Il n'empêche que le pari que tu avais relevé étant gagné, il faut maintenant y mettre un point final.

Je vais te l'expliquer, ce « point final ». Mais de *vive voix* cette fois.

Après mûre réflexion, on va se l'avaler, cette pizza. Une quatre-saisons, avec plein d'anchois dessus. J'en ai déjà l'eau à la bouche.

## MAIL N° 29

Virginie à Bastien

Quelle soirée sinistre !

Mon pauvre Bastien, tu as fichu en l'air tes économies pour rien ! (J'ai vu la note au passage : 54 euros, ils ont vachement augmenté leurs prix chez « D'Alberto » !)

Franchement, t'as brisé ta tirelire (un petit cochon rose ?) pour un piètre résultat. La faute à qui ?

Mystère.

Pourtant, les conditions optimales étaient réunies pour un méga kif. (Finalement, j'aime bien certaines des expressions de Rachid.) Toute la journée qui a précédé notre rendez-vous, j'ai rien fichu en cours. J'ai même eu droit à une engueulade de Delcroix, et ça m'a fait mal. En début de soirée, j'ai passé une heure à choisir mes vêtements, une demi-heure à me maquiller, un quart d'heure à me démaquiller...

Table à l'écart, lumières tamisées, voix de crooner italien en sourdine, le cadre était parfait. Sauf que... tu es arrivé en retard. Bon, la ponctualité n'a jamais été ton fort.

Cinq minutes passent, dix, un quart d'heure, pas de Bastien à l'horizon, mais j'essaie de faire bonne figure. Je bois un Coca pour me donner une contenance. Trop vite. Le gaz me donne de l'aérophagie. J'ai mal au bide. Mon jean me serre. Dès que j'entends le ronronnement d'un scooter dehors, je me dis, c'est lui. Mais à chaque fois, quelqu'un d'autre pousse la porte du restau. La salle se remplit peu à peu. Ceux qui dînent en couple me lancent des regards compatissants. À l'autre bout de la salle, un mec, seul lui aussi mais qui n'attend personne, m'envoie des œillades appuyées que je fais semblant de ne pas remarquer. Enfin, au bout d'une demi-heure, tu débarques. Tu m'embrasses sur les joues, du bout des lèvres, comme si j'avais eu de la barbe et que je ne m'étais pas rasée.

Et après... Après, que dire ? Hein ? Comment résumer cette soirée de merde ? Deux mots, un silence, trois mots, deux silences. Le bruit des conversations des tables voisines, celui des couteaux et fourchettes... C'est tout.

Tu n'étais pas là, Bastien. Tu t'ennuyais, Bastien. Avec moi.

Tout de même, il y a bien eu un moment où je me suis amusée. Lorsque je t'ai exposé en détails la manière dont tu devais mettre un point final à l'affaire Bastien-Audrey. Si t'avais pu voir ta tête ! T'es devenu tour à tour jaune puis rouge écarlate ! Tu jouais à la fois le rôle du fromage fondu et du ketchup sur la pizza que tu massacrais à coups de fourchette sans en avaler un morceau. (Au fait ! Tu as maigri ! Tu n'as presque plus de carrure, un vrai gringalet ! Moi, par contre, j'ai encore pris un kilo. Normal, j'ai mangé comme un chancre, vendredi. Fallait bien compenser les silences par la bouffe !) Ensuite, tu t'es mis à bégayer lamentablement. Enfin, tu as fini par lâcher un vague : « O.K., je le ferai ». Et t'as filé aux toilettes. En revenant, t'avais les yeux rouges, le visage trempé de sueur. Je sais pas si t'as dégobillé ou chialé. Ou les deux.

C'est si dur de t'avouer que t'es amoureux d'Audrey ? Tu m'as dit « O.K. », mais je ne suis pas sûre que tu sois « cap ».

En tout cas, si tu te dégonfles, nous deux, c'est fini.

P. S. Bourdier avait vu juste en nous séparant. Troisième Rimbaud, troisième Verlaine, c'était bien un signe.

Sauf que leur rupture, elle était pas minable comme la nôtre. Elle s'est pas passée dans une pizzeria pourrie, mais sur un quai de gare ! C'était beaucoup plus spectaculaire, plus romantique ! Un coup de feu a été tiré ! Y a eu du sang ! Y a eu de la peur ! Des émotions ! Des vraies !

P. P. S. J'ai couché avec Rachid.

## JOURNAL D'AUDREY

**1er décembre**

*C'est fini. Rêve éteint. Vision disparue.*

C'est un vers de Victor Hugo, extrait de *Ruy Blas*. Avec le bicentenaire de sa naissance, on nous le balance à toutes les sauces. Je l'aimais bien avant, Hugo. *Les Misérables,* j'avais adoré. Mais maintenant je le déteste. J'ai trouvé ce vers dans la selle de Maggy. Griffonné sur un bout de papier. Il était signé Bastien.

Cette nuit, je dormirai ni dans la cuisine, ni dans la chambre.

Cette nuit, je vais dormir dans la forêt. Je vais faire une longue, très longue balade avec Maggy. À une centaine de kilomètres d'ici, je l'ai vu sur une carte, il y a une forêt. Avec une très belle falaise en bordure.

**MAIL N° 30**

Bastien à Virginie

Tu peux décrocher ton mobile Babar et le foutre au grenier.

Cette année, le père Noël ne passera pas.

Je crois que toi et moi, on a grandi.

Toi et moi, on a joué et on a perdu.

P. S. Audrey a eu un grave accident de cheval. Elle est à l'hôpital, en soins intensifs. Impossible de la voir. Impossible de lui dire que je regrette ce qui est arrivé. Que j'ai menti. Que je lui demande pardon. Que je me suis prêté à une saloperie de jeu ridicule. Que je suis un crétin soucieux de sa réputation de petit con. Que je l'aime. Qu'elle me manque. Que si jamais elle ne se rétablit pas...

Je l'ai vue monter à cheval. C'est une cavalière exceptionnelle.

CE N'ÉTAIT PAS UN ACCIDENT.

P. S. Je fais vite, je dois me coucher tôt pour être en forme demain. Demain, j'ai deux rencards avec Francis (mais il ne le sait pas). Le premier aura lieu dans la salle du projet déco. Si ça t'amuse de passer y faire un tour avec Rachid, vous serez les bienvenus. Le deuxième, je ne peux rien en dire pour l'instant...

Tu voulais du spectacle ? Tu voulais des émotions ? Tu vas en avoir.

## MAIL N° 31

Micky à Delphine

*Dear Delph,*

J'attends, j'attends depuis des semaines un mail de toi et rien, tu n'écris plus. Que se passe-t-elle ?

Dans notre dernière courrier, on s'était jurés qu'on serait sisters jusqu'au bout et qu'on ferait « Toc-Toc » le même jour, toi avec Francis et moi, avec ma Rodolphe – enfin, en tenant compte quand même de la décalage horaire.

Je suis prêt depuis longtemps. J'ai tout préparé en secrète : j'ai acheté un paquet de condoms et je prends le piloule. Oui ! J'ai fait croire à ma mère que j'avais très mal à le ventre quand j'avais ma règle et le docteur a dit que le meilleur moyen pour me soulager, c'était le piloule ! ! ! Super, no ?

Bon ! J'attends encore jusqu'à samedi prochaine, le jour où ma Rodolphe vient me donner la cours de français. Mais je te préviens : même si je n'ai pas reçu ton lettre, je le fais ! J'en ai ras la bol d'attendre.

P. S. Et ton rendez-vous pour être mannequin ? Est-ce que les photos ont plu ?

## MAIL N° 32

Micky à Delphine

JE L'A FAITE.

J'AI FAIT « TOC-TOC » !!!

Oh ! *My God !* C'est trop difficult pour moi de décrire en français ce que j'a éprouvé !

*So good ! So good !*

JE VEUX LA REFAIRE !

*I'm in love ! I'm in love !*

P. S. *Please, answer me !*

## MAIL N° 33

Delphine à Micky

Ma Micky,

Je t'écris très vite, sans me relire. Il est près de deux heures du matin. Je suis épuisée, à bout. J'ai tellement pleuré ces dernières vingt-quatre heures que mes yeux sont rouges et bouffis. Ils me piquent atrocement et lorsque les larmes coulent encore, j'ai l'impression qu'elles laissent sur mes joues des traînées de feu.

C'est la catastrophe, Micky, le drame ! Tout est fini.

FI-NI.

Plus question de revoir Francis. Plus question d'aller à mon rendez-vous chez Glamour. Mon père est courant de tout. Je dis bien TOUT !!! Mais ce n'est pas ce qui me tourmente le plus. Comme je n'ai pas ni le temps, ni l'envie de me perdre dans les détails, j'irai droit à l'essentiel.

Il y a eu un énorme scandale au collège.

Ah ! Ces satanées photos ! Il ne faut plus m'en parler ! La photo où je posais nue a été affichée sur les murs d'une salle (une salle où les élèves, sous la direction du prof de français, devaient réaliser des travaux de décoration). Elle a été exposée AUX YEUX DE TOUS. Parce que, bien évidemment, l'information a circulé aussi rapidement qu'une traînée de poudre. Imagine, Micky, imagine des centaines d'élèves, du plus petit au plus grand, de la sixième jusqu'à la troisième, défilant devant cette photo de moi en éclatant de rire, chacun y allant de son commentaire salace.

C'est Bastien (le type pour qui j'avais posé) qui a fait ça. Résultat : je suis renvoyée du collège et mon père me tient enfermée nuit et jour dans ma chambre.

Mais tu ne connais pas encore le pire.

Francis, lui aussi, a des ennuis, de très graves ennuis. Il est devenu fou en voyant la photo. Il a cherché Bastien dans tout le collège, en vain. Il ne l'a retrouvé que le soir : Bastien est venu le provoquer à l'entrée de la salle où Simon tient ses meetings. Ils ont commencé à se battre, et d'après les dires des témoins, quatre ou cinq copains de Simon se sont joints à Francis, si bien que Bastien s'est retrouvé seul contre plusieurs types. Il a été sauvagement battu et laissé pour mort.

Si tu savais, Micky ! Si tu savais ce que j'éprouve ! J'ai l'impression d'être parachutée dans un film, un très mauvais film où je tiens l'un des rôles principaux. Mais malheureusement, ce n'est pas un film, c'est la réalité. Ce ne sont pas des acteurs qui se sont battus, ce sont Francis et Bastien, deux jeunes gens de quinze et seize ans, deux collégiens qui ont eu les mêmes profs, qui ont partagé leurs repas au self, qui... Oh ! Je ne trouve plus les mots ! Les mots se coincent dans ma gorge et m'étouffent !

Je ne comprends rien à cette histoire. On dirait que j'ai été entraînée dans un tourbillon, comme une personne qui, découvrant une jolie rivière sous le soleil, décide de s'y baigner et soudain... le courant l'emporte et elle se noie.

Il paraît que Bastien ne s'est même pas défendu – du moins lorsqu'il se battait avec Francis – les témoignages sont formels. Il n'a, dit-on, rien fait pour esquiver le premier coup de couteau que Francis lui a donné. Après, c'est différent : même s'il avait voulu, il n'aurait pas été en mesure de résister.

Pourquoi a-t-il fait ça ? Pourquoi ?

Il est maintenant à l'hôpital, dans un état très grave.

Quant à Francis, c'est la prison.

Quelle horreur ! Quel gâchis !

Si seulement il m'était possible de revenir en arrière !

De faire en sorte que tout cela n'ait pas eu lieu !

Tu vois, finalement, je regrette Sainte-Marie...

J'entends les pas de mon père dans l'escalier, (il me surveille même la nuit, quand je suis censée dormir) je dois abréger et envoyer vite ce message...

Je tenais à t'écrire ce dernier mail pour te prévenir : surtout ne me réponds pas ! Mon père a l'œil sur tout, même mon ordinateur.

Good luck et pense à moi très fort ! Fais des prières à Dieu ! Des vraies !

## JOURNAL DE VIRGINIE

**5 janvier**

Rentrée des vacances de Noël.

Pour les autres. Pas pour moi.

Je suis incapable de reprendre les cours. J'ai mal au bide. Mal comme jamais. J'ai l'impression que mon ventre n'est plus qu'un enchevêtrement de nœuds. Il est dur comme de la pierre. On dirait une porte verrouillée, blindée, que plus personne n'est en mesure d'ouvrir.

J'ai la nausée. La nausée de moi-même.

J'ai l'air d'un vampire : pâle, exsangue (mes parents me croient atteinte d'une maladie grave et sont très inquiets) j'ai perdu le sommeil et je ne me nourris plus. Quand je me regarde dans un miroir, j'ai l'impression de ne voir que du vide.

J'ai fait couler le sang.

J'ai tellement honte de retourner au collège. Honte de franchir le seuil de la classe. J'ai la conviction que tous mes ex-camarades sont au courant du rôle que j'ai joué dans cette tragique histoire, qu'ils vont me montrer du doigt, me huer, me siffler. Le pire, c'est que je le mérite.

J'ai repris mon journal. Bien obligée, je ne peux plus écrire à personne. Ou alors, il faudrait que je puisse envoyer un mail à Dieu. Pour le supplier d'exaucer ma prière.

*Je vous en prie, mon Dieu,*

*faites que Bastien ne meure pas.*

*Je vous en prie mon Dieu,*

*faites qu'Audrey ne meure pas.*

JE N'AI PAS VOULU ÇA.

Bastien et Audrey sont tous les deux dans le coma. J'ai lu des articles scientifiques sur le coma. Les médecins appellent les phénomènes qui y sont relatifs « E.M.I. » : expérience de mort imminente. Quelques rescapés – il n'y en a pas beaucoup – racontent qu'ils ont eu l'impression d'évoluer dans un tunnel, un tunnel éclairé par une lumière magnifique. Ils racontent que leur corps était d'une légèreté incroyable, comme s'ils avaient eu des ailes. Ils disent tous qu'ils n'ont pas eu peur, qu'ils n'ont pas souffert. Que c'était beau. J'espère que c'est la même chose pour Bastien et Audrey. J'espère que leurs tunnels vont se rejoindre. Qu'ils vont l'apercevoir, cette lumière magnifique, qu'un ange va les réunir et les faire s'envoler vers le ciel.

Non, pas s'envoler vers le ciel. Redescendre sur terre. Revenir. Revenir à la vie.

*Reviens, Bastien, reviens.*

*Reviens, Audrey, je t'en prie.*

*Tenez le coup tous les deux.*

Qu'est-ce qui m'a pris de mentir ? Qu'est-ce qui m'a pris d'aller inventer toutes ces salades ? Je n'ai jamais couché avec Rachid ! Delcroix, je n'en ai rien à faire ! Il n'y a que Bastien qui compte pour moi. Et je ne voulais pas faire de mal à Audrey.

J'ai décroché le mobile Babar. Je ne pouvais plus le regarder.

Est-ce qu'il est trop tard pour demander pardon ?

## LETTRE N° 33

Romain Delcroix aux Éditions de la Flamme

À l'attention du comité de lecture,

Madame ou Monsieur,

Vous trouverez ci-joint un manuscrit intitulé provisoirement *Connexions dangereuses.*

Il s'agit d'une sorte de rêverie, un délire romanesque, une fiction librement inspirée de mes élèves et d'un texte que j'affectionne tout particulièrement : *Les Liaisons dangereuses.* (Puisse Choderlos de Laclos ne pas se retourner dans sa tombe et considérer cet humble et modeste remake comme un simple jeu !)

Je suis effectivement professeur de français et je m'exerce là à un premier roman.

Vous remerciant de l'attention que vous voudrez bien porter à ce texte qui, je l'espère vivement, saura vous séduire, et de la réponse que vous aurez l'obligeance de me faire connaître, quelle qu'elle soit, je vous prie d'agréer, Madame ou Monsieur, mes salutations distinguées.

**Sarah K.**

« Des études de lettres, une licence de philosophie, une formation de comédienne : tel est le parcours condensé d'une bonne dizaine d'années. "Toutes les routes mènent à Rome", dit l'adage. En ce qui me concerne, les chemins empruntés dans ma jeunesse ont finalement convergé vers une direction surprenante : la publication d'une vingtaine de livres.

« L'écriture (pour la jeunesse et maintenant aussi pour les adultes) est désormais mon unique passion, voire mon obsession, avec un goût de plus en plus prononcé pour le roman noir. »

Composition et mise en page

NORD COMPO
multimédia

Dépôt légal : mars 2011
N° d'édition : L.01EJEN000571.N001
Loi n° 49-956 du 16 juillet 1949
sur les publications destinées à la jeunesse

CET OUVRAGE
A ÉTÉ ACHEVÉ D'IMPRIMER
PAR L'IMPRIMERIE NIIAG
À BERGAME (ITALIE)
EN FÉVRIER 2011